Narratori Feltrinelli

Rosario Pellecchia

Ora che ho incontrato te

Prima edizione ne "I Narratori" febbraio 2023

Stampa Grafica Veneta S.p.A. di Trebaseleghe - PD

ISBN 978-88-07-03531-9

FSC
www.fsc.org
MISTO
Carta
da fonti gestite in
maniera responsabile
FSC® C021883

Crediti:

Feels Like Rain
Testo e musica di John Hiatt
© 1993 Careers Music, Inc.
Amministrato da Universal Music Publishing (Worldwide)
Tutti i diritti riservati per tutti i Paesi
Riprodotto su autorizzazione di Hal Leonard Europe BV (Italy)

First Time I Met the Blues
Testo e musica di Eurreal Montgomery
© 1969 ARC Music Corp.
Amministrato da BMG Rights Management (Worldwide)
Tutti i diritti riservati per tutti i Paesi
Riprodotto su autorizzazione di Hal Leonard Europe BV (Italy)

Ora che ho incontrato te

Ad Anna Sophie,
la mia nuova idea di meraviglia

Love comes out of nowhere, baby
Just like a hurricane
And it feels like rain.

BUDDY GUY, *Feels like rain*

PARTE PRIMA

1.

Non ha paura adesso. Anzi. Si sente invadere da una strana pace, come se i piedi nudi che osserva non fossero i suoi, come se le braccia che tiene ferme lungo il corpo appartenessero a qualcun altro. Forse è per tutto quello che si è calato, pensa guardando il traffico di Park Avenue scorrere sotto i suoi occhi, incurante del fatto che quelli, fino a prova contraria, sono gli ultimi istanti della sua vita. È l'unica Avenue a doppio senso di marcia, e questa è una delle prime cose che ha imparato quando si è trasferito a New York.

"È la strada dei ricchi, ecco perché ne ha due: i ricchi hanno sempre il doppio delle possibilità!" Glielo aveva detto un tassista indiano di notte, mentre attraversavano Central Park. Ripensa a quella frase proprio nell'istante in cui il vento fa volteggiare un sacchetto, sembra una specie di drone floscio, che atterra morbidamente sul tettuccio di un furgone parcheggiato all'angolo del building.

Ha fatto delle ricerche su internet, per capire se sarebbe stato sufficiente buttarsi dal piano del suo ufficio, il quinto, per morire. Il suo ex ufficio, sarebbe meglio dire, visto che lo hanno fatto fuori. Ha visto mille film in cui a un certo punto licenziano un tizio, lui mette le sue cose dentro una scatola e si allontana, passando tra le scrivanie di un open space e gli sguardi imbarazzati dei colleghi. Quello che è successo a lui è stato molto meno cinematografico: il suo capo, Westbeech, lo ha convocato in ufficio e in quattro minuti gli ha comunicato la decisione dell'azienda di "interrompere il loro rapporto professionale".

Quando ha chiesto spiegazioni, Westbeech gli ha risposto, col tono asettico di chi ha fatto quel discorso a centinaia di persone, che "non c'è niente di personale, la decisione rientra in un quadro generale che tiene conto in parte del suo operato dell'ultimo semestre e in parte del momento non positivo che attraversa il mercato. La situazione impone di prendere la pur non facile decisione di rinunciare con effetto immediato ad avvalersi della sua collaborazione, proponendo al contempo un'adeguata buonuscita, sufficiente a riorganizzarsi".

Quanto poi sia passato dal discorso di Westbeech al momento in cui si è tolto le scarpe ed è salito su quel cornicione, Lorenzo Maltoni non saprebbe dirlo con esattezza: del resto ha bevuto mezza bottiglia di whisky, ha preso due Tavor e un grammo di cocaina e ha appena finito di fumare una canna di hashish. La percezione del tempo è un lusso che in questo momento non può permettersi. Tutto quello che sa è che vuole che finisca presto, prima che la paura prenda il posto della calma innaturale che si è impossessata di lui.

È pronto.

Ha deciso di scandire un countdown mentale, partendo da venti. Gli è sembrato un tempo giusto, non troppo lungo da fargli cambiare idea né troppo breve da rischiare di affrettare le cose.

Mentre conta gli tornano alla memoria delle scene, come immagini che qualcuno proietta sullo schermo della sua mente:

Venti, diciannove, diciotto...

Il tris d'assi che ha calato il Cinese, la sera in cui ha perso tutto.

Diciassette, sedici, quindici...

Gli scoiattoli di Battery Park, la prima volta che li ha visti.

Quattordici, tredici, dodici...

Le ginocchia bianchissime di Ilaria, la sua compagna di classe, mentre la bacia in palestra, durante l'ora di educazione fisica.

Undici, dieci, nove...

Il suo amico Tommaso riverso a terra dopo che lui, obbligato da suo padre, lo ha colpito con un pugno sul naso.

Otto, sette...

All'improvviso la vede.

Doveva essere lì da prima, ma solo quando lei inizia a cantare si accorge della sua presenza. Dal suo punto di osservazione non riesce a distinguerla bene, ma forse anche da più vicino farebbe fatica, perché la sua vista è annebbiata da tutto quello che ha in circolo e dall'ansia che adesso sente montare, e che gli fa sobbalzare il cuore così forte che sembra quasi voglia schizzargli fuori dal petto.

La massa di capelli ricci, quella sì, riesce a metterla a fuoco con una certa precisione: una sfera perfetta che spicca sul muro bianco al quale è appoggiata. Indossa una gonna corta scura, potrebbe essere verde, ha una T-shirt con una scritta, ma di leggere da così lontano non se ne parla. La ragazza imbraccia una chitarra, e da come si muove, facendo ondeggiare la testa e il bacino, si direbbe che sia esattamente nel posto in cui vorrebbe essere.

> "*The first time I met the blues*
> *People, you know I was walkin'*
> *I was walkin' down through the woods*
> *Yes, the first time, the first time I met the blues*
> *Blues, you know I was walkin'*
> *I was walkin' down through the woods*
> *Yes, I've watched my house burnin' blues*
> *Blues, you know you done me*
> *You done me all the harm that you could.*"

Come sia potuto accadere che, proprio nell'istante in cui la ragazza ha iniziato a cantare, il traffico abbia deciso di dare una tregua alla serata di Manhattan, permettendogli di sentire, Lorenzo non se lo spiega. Sa solo che, più lei va avanti, più gli diventa chiaro che adesso non ce la farà, perché ora sì che ha paura, e quella calma chimica di colpo è evaporata, e lui si ritrova scalzo, fatto e ubriaco su un cornicione di Park Avenue, mentre la ragazza con i capelli ricci continua a cantare:

"*Yes, you know you'll be with me every mornin', blues*
Every night and every noon
Oh, yeah".

Sente gli occhi riempirsi di lacrime, il battito accelerare ancora di più, e si ritrova tremante e zuppo di sudore.

La ragazza canta il finale del brano, adesso è una dissolvenza lontana, risucchiata dalla sirena di un'ambulanza e dal rombo di mille macchine che attraversano la strada in entrambi i sensi di marcia, perché i ricchi hanno sempre il doppio delle possibilità e lui invece la sua se l'è giocata, per colpa di una musicista che ha pensato bene di suonare quell'incredibile blues proprio sotto il suo ufficio, e proprio la sera in cui lui aveva deciso di ammazzarsi. Ma l'attimo è passato, il coraggio lo ha abbandonato. Non si butterà da quella finestra "riportando ferite, fratture e lesioni a organi interni presumibilmente sufficienti a causare il decesso nel giro di qualche minuto". Così aveva letto su un sito quando aveva fatto le sue ricerche, questo è quello che accade se ti lanci nel vuoto da un'altezza superiore ai sei metri.

Non lo farà.

Dovrà fare qualcos'altro, e questa, al momento, è la cosa che lo angoscia di più.

2.

"Perché l'hai fatto?"

"Scusa? Fatto cosa?"

La ragazza si guarda intorno, come a cercare subito, preventivamente, l'aiuto di qualcuno, o quantomeno la sua attenzione. Lo sguardo del tipo che le sta parlando non è affatto rassicurante.

"Suonare quella canzone. Proprio qui."

"Siamo sul suolo pubblico. Se non ti piaceva potevi evitare di ascoltare."

Lorenzo si rende conto di non essere stato gentile. Potrebbe spiegarle il senso della sua domanda, dirle che in realtà quella canzone gli ha salvato la vita, ma non gli pare il caso. Anche perché al momento non sa bene cosa pensare, se essere felice di quello sviluppo inaspettato o depresso per non essere riuscito a mettere in pratica il suo piano. Si sente confuso, non saprebbe dire cosa lo abbia spinto a scendere dal cornicione, uscire dall'ufficio, prendere l'ascensore e guadagnare le porte girevoli del building, lasciarselo alle spalle e raggiungere la ragazza. Lo ha fatto e basta, e così si sente a disagio, come se tutti i dubbi e il necessario processo di consolidamento di quella decisione stessero prendendo vita adesso, con fatale ritardo, di fronte alla musicista con i capelli ricci che ha appena eseguito un blues all'angolo tra Park Avenue e l'Ottantacinquesima. Ora può leggere quella scritta sulla maglietta, MO' BETTER BLUES, e vedere tutti i dettagli che dal cornicione non riusciva a scorgere: gli stivaletti con la punta arrotondata, gli occhi grandi e neri, la pelle scura, la bocca carnosa con un neo all'angolo destro, i grandi cerchi dorati alle orecchie, le mani dalle dita affusolate. Impossibile non notare la bellezza di quella giovane donna: c'è qualcosa in lei che trova irresistibile, e che non ha a che fare solo col suo aspetto fisico. È come un'aura, un'energia che si irradia dalla sua persona, qualcosa di fiero e insieme molto delicato. Qualcosa di mai visto prima. Di quel pensiero vede chiaramente le singole parole, quasi fossero anch'esse scritte da qualche parte, proprio come quelle sulla T-shirt della ragazza: NON ASSOMIGLIA A NESSUN ALTRO.

È singolare, perché ha sempre avuto la tendenza a cercare una somiglianza in ogni volto, la traccia di qualcun altro che conosce. È una delle sue tante ossessioni, non resiste alla tentazione di attribuire ogni viso a una "famiglia somatica" già catalogata dalla sua mente. Ma con lei non ci riesce.

"Non intendevo dire che la canzone non mi è piaciuta: anzi..."

La ragazza lo guarda sempre più sospettosa.

"Io lavoro... lavoro lì, in quell'ufficio al quinto piano. La finestra illuminata, la vedi?"

Lei alza lo sguardo verso il punto che gli ha indicato, più per assecondarlo che per reale interesse.

"Sì, la vedo."

"Cioè, lavoravo. Sono stato licenziato."

"Mi dispiace."

L'inglese che parlano è così diverso nell'accento che ne viene fuori un dialogo sghembo, come un duetto senza capo né coda, eppure con una certa musicalità.

"Ma sì, ti dirò: non mi importa molto, sai? Mi faceva schifo quel lavoro. Mi faceva schifo tutto: la segretaria, per esempio, la signora Ortiz. Mi parlava sempre con quell'aria di superiorità, come se volesse ricordarmi che ero l'ultimo arrivato. Che nervi. E poi il mio capo, una testa di cazzo con i capelli rossi che per qualche ragione ha fondato l'azienda quando bastava avere due soldi e un po' di spirito d'iniziativa e le cose funzionavano, capisci? Tipo fare un buco nel deserto e veder schizzare fuori il petrolio... Che c'è?"

Lorenzo ha notato che lei lo guarda in un modo strano, stringendo appena appena gli occhi.

"Il tuo naso."

La ragazza appoggia la chitarra sulla custodia di cuoio marrone adagiata sul marciapiede, tira fuori dallo zainetto un pacchetto di fazzolettini e gliene passa uno, mentre gli indica il punto dal quale sta sanguinando.

"Oh, cazzo. Grazie, grazie mille," dice lui dopo essersi toccato naso e fronte. "Mi chiamo Lorenzo, comunque..." fa, sforzandosi di avere un'aria normale, come se stessero bevendo un Manhattan seduti in un bar un venerdì sera. Invece no, non c'è niente di normale, perché sì, in effetti è venerdì, ma sono su un marciapiede, e lui sta dando informazioni non richieste sulla sua vita a una musicista mai vista prima, sette minuti dopo aver rinunciato al proposito di uccidersi, e intanto si tampona il sangue che gli esce dal naso, ha la camicia fuori dai pantaloni, la cravatta tutta storta e, per di più, è senza scarpe. Se ne accorge solo adesso, guardandosi i piedi, e la ragazza fa lo stesso, con aria dubbiosa.

"Zoe," dice poi, fissando esitante la mano che Lorenzo le tende, la stessa con la quale si è occupato del suo naso insanguinato.

Lui se ne accorge, la ritrae. "La canzone era bellissima... Non sono sicuro di conoscerla. Come si intitola?"

"*First time I met the blues.*"

"E di chi è?"

"Buddy Guy."

Lorenzo sorride, e quando lei ricambia si rende conto

che quello è il primo momento di leggerezza delle sue ultime quarantott'ore.

Il sorriso. Ecco cosa non aveva ancora visto di lei: emana una luce talmente intensa che lui si ritrova a pensare che è stato meglio così, perché se adesso fosse morto, se il suo corpo fosse inanimato, riverso in una pozza di sangue sull'asfalto, circondato da un capannello di persone, tra le quali probabilmente anche lei, se tutte queste cose si fossero verificate come lui le aveva pianificate, quel sorriso non lo avrebbe mai visto. Invece lei è lì, davanti a lui, nel tramonto rumoroso di New York, nei primi minuti di quella che comincia a sembrargli una resurrezione.

"Ok, Lorenzo. Io stavo per andare. Ti saluto."

"Aspetta, aspetta un attimo: tu hai... hai fame?"

Zoe continua a guardarlo con una certa diffidenza, nonostante Lorenzo adesso sembri un po' meno agitato.

"Fame? Direi di no..."

"Ti andrebbe di accompagnarmi a mangiare qualcosa? Tu puoi bere una birra, o quello che vuoi. Offro io. Che dici? Normalmente non sono così, credimi. Ma è proprio un periodo di merda."

"Ti ringrazio, ma... forse preferisco andare."

Mentre lo dice, Zoe non può fare a meno di ammettere a sé stessa che una parte di lei la pensa diversamente: si sta incuriosendo, sta valutando se accettare quella proposta che, per quanto assurda, in qualche modo la intriga. Lorenzo infatti vede margini di azione, si accorge, pur nella confusione del momento, che il rifiuto di lei è qualcosa su cui si può lavorare.

"Dai, fammi compagnia. Non sono pazzo, fidati."

"Non sembri pazzo. È solo che non mi sembra il caso. Devo proprio andare."

Lorenzo rimane lì impalato, un cono di carta ricavato dal fazzolettino di Zoe ficcato nella narice. Di colpo si vede da fuori e si trova patetico, mentre la sua voce continua a ripetergli ossessivamente quanto sia stato ridicolo a invitarla.

Ed è proprio in quel momento che Zoe lo osserva e per la prima volta lo vede: Lorenzo adesso non le appare più uno svitato logorroico strafatto come quelli che ogni tanto le capita di dover sopportare, quelli che quando la vedono suonare per strada o nei locali cominciano a parlarle senza sosta, che usano il pretesto della musica per provarci con parole ordinarie, grossolane, ma siccome le hanno messo cinque dollari nella custodia della chitarra lei non può permettersi di ignorarli. No, quello che Zoe adesso vede davanti a sé è un ragazzo scalzo, spettinato, gli occhi verdi e inquieti che sembrano quelli di un bambino, l'accento forse spagnolo o italiano, vestito con un paio di pantaloni spiegazzati, la camicia fuori e quell'assurdo cono di carta ficcato su per la narice destra. Uno che ha avuto una giornata di merda, e probabilmente non è stata la prima.

Allora ripensa a certe sere in cui anche lei è giù di corda, così tanto da non ricordarsi nemmeno le parole di *Never loved a woman* o di *At last*, quando la vita le sembra un tale schifo che neppure la musica riesce a scacciare la malinconia. Adesso intravede qualcos'altro nello sguardo di quel ragazzo, qualcosa che si fa strada in mezzo alla tristezza, in mezzo all'evidente disagio, ai suoi movimenti goffi e impacciati, che forse raccontano di giorni storti, di vita sbagliata. Ora, oltre a tutto questo, vede in lui qualcosa di diverso, qualcosa di profondamente onesto e fragile. Qualcosa che, per i percorsi niente affatto regolari che queste cose scelgono di seguire, non può negare di trovare attraente.

È in quel momento che decide di accettare:

"Senti, io sto andando verso Bleecker Street, se ti va possiamo fare un pezzo di strada insieme".

"Certo, certo che mi va!"

Lorenzo risponde quasi urlando, fa per prenderle goffamente le mani ma poi desiste, tenta di rimettere la camicia dentro i pantaloni e di darsi una sistemata ai capelli, mentre lei lo fissa con un misto di perplessità e tenerezza. Risente nella testa la voce di lei che pronuncia il suo nome: gli sembra come un'epifania. Poi fa per incamminarsi verso est, sulla Lexington, direzione metropolitana.

"Le scarpe." Zoe gli indica i piedi.

"Ah, già: faccio un salto su a prenderle. Recupero anche la giacca. Mi aspetti?"

Lei fa cenno di sì, lo vede allontanarsi a piedi nudi con un'andatura ondeggiante, e nel raccogliere le sue cose si chiede perché mai si sta mettendo in una situazione del genere. Ma intanto continua a guardarlo, e in quell'istante un altro sorriso decide di partire per conto suo, senza chiederle il permesso, e un homeless che sta spingendo un carretto pieno di lattine osserva la scena e scoppia in una risata metallica, che riempie l'aria di quel piccolo pezzo di mondo, tra Park Avenue e l'Ottantacinquesima Strada.

3.

Bleecker Street il venerdì sera è una Babele alcolica e ormonale. Un'umanità variopinta la popola, se ne appropria, riversando sull'asfalto l'energia repressa della settimana lavorativa. Studenti desiderosi di perdere il controllo, professionisti che piombano lì dagli uffici di Midtown, turisti da tutto il mondo con la voglia di divertirsi stampata sulla faccia. Zoe e Lorenzo ci sono arrivati in metropolitana, dopo un viaggio in cui hanno parlato poco, bloccati com'erano dall'imbarazzo che si è accomodato senza invito tra di loro dopo quei primi minuti di conversazione, come se, una volta preso posto sul vagone malconcio della linea 6, entrambi avessero sentito di colpo il disagio di quella situazione. Usciti dalla metro, camminano a passo svelto senza guardarsi, lei con la chitarra a tracolla e trascinando un trolley con dentro l'amplificatore e il resto del suo impianto, lui con le mani in tasca e l'aria smarrita. È una serata piuttosto calda.

"Sei italiano o spagnolo?"

"Italiano, di Roma."

"Una volta avrei dovuto andarci. Poi non se n'è fatto più niente."

"Come mai?"

"Storia lunga. Diciamo che il tipo con cui sarei dovuta partire non era quello giusto..."

"Quello giusto come compagno di viaggio, intendi?"
"Quello giusto in generale. Eccoci, siamo quasi arrivati."
Zoe indica un'insegna, la scritta DOWNTOWN BLUES campeggia sulla facciata di mattoni rossi con le finestre blu cobalto.
"Lo conosco questo posto, ci sono passato davanti mille volte ma non sono mai entrato. Fanno musica dal vivo, giusto?"
"Sì. È per questo che sono qui."
"Suona qualcuno che conosci?"
"Io."
Lorenzo arrossisce, in effetti avrebbe potuto arrivarci. Tenta di recuperare, fa peggio. "Pensavo suonassi sempre per strada."
"Solo ogni tanto."
"Scusami, non intendevo..."
"Vuoi entrare?"
"Grazie, se non ti dà fastidio un salto lo faccio volentieri."
"Figurati. Non saremo soli lì dentro, o almeno lo spero."
Lorenzo le sta sbagliando tutte, meglio tacere. Gli viene in mente che lì vicino c'è uno dei posti in cui va a giocare, un seminterrato umido e maleodorante da cui una volta era scappato col pretesto di andare in bagno, dopo aver vinto per tutta la sera con una fortuna sfacciata a un tavolo di russi tutt'altro che rassicuranti. Al poker lo aveva iniziato suo nonno, il generale Vittorio Maltoni, schiena dritta, spalle larghe e una spiccata simpatia per il fascismo. Se lo portava dietro fin da quando aveva dodici-tredici anni, nonostante la madre non vedesse la cosa di buon occhio. Suo padre invece non aveva niente da ridire: anche quello faceva parte della vita vera, di quella che a lui sembrava un'"epica della strada", qualcosa che a suo parere avrebbe forgiato il carattere del figlio. Adolfo è un imprenditore che ha fatto un sacco di soldi con certa edilizia romana degli anni novanta. Lo si sa-

rebbe potuto definire un padre abbastanza presente, se non fosse stato per quel modo decisamente singolare di mostrare al piccolo Lorenzo il suo affetto, di raccontargli il mondo. Per lui ci sono i forti, "quelli che non abbassano la testa", e i deboli, che sono nati così e lo rimarranno per sempre se non si sforzano di tirarla su, quella benedetta testa.

Tu come vuoi essere, forte o debole, Lorenzi'?

Forte, papà. Forte come te.

Peccato che quella forza suo padre la usasse anche contro di lui, a parole il più delle volte, con gesti in altre occasioni. Gesti che ogni tanto diventavano piuttosto energici, soprattutto quando Lorenzo, crescendo, cominciava a disegnare il suo modo complesso di stare al mondo, e quel modo ad Adolfo Maltoni non andava troppo a genio. La storia dei pensieri ossessivi, per esempio, che non riusciva proprio a capire. Erano comparsi durante l'adolescenza: all'improvviso Lorenzo iniziava a fissarsi su una cosa e non smetteva più di rimuginarci. Quando aveva provato a parlargliene, suo padre gli aveva chiesto di fargli qualche esempio, e allora gli aveva raccontato di quando la prof di matematica aveva spiegato le equazioni e lui non riusciva a smettere di pensarci, aveva in mente quelle formule giorno e notte, tutti quei numeri lo mandavano fuori di testa. Oppure di quell'altra volta, quando aveva letto di uno che per una botta di stress aveva perso momentaneamente la vista, e da allora viveva nell'ansia che capitasse anche a lui, soprattutto la notte. Non dormiva più, accendeva e spegneva la luce centinaia di volte per controllare se ci vedeva ancora. *Controlla di nuovo! Per me sei cieco, fidati. Controlla*, gli ripeteva la voce nella testa. Poi c'era la sigla di *Dragon Ball*, continuava a sentirla, le parole del testo come stampate nella mente. Al padre sembravano assurdità, tutto quello che era aveva saputo dirgli era di piantarla di farsi troppe seghe mentali, di pensare alle cose belle della vita.

Una comitiva rumorosissima di turisti entra nel locale, l'ultimo della fila urta Lorenzo, tirandolo fuori dal vortice di ricordi nel quale era precipitato. Li osserva, nota il loro abbigliamento informale, pensa al suo abito grigio.

"Sembro un pinguino, vestito così?" chiede a Zoe.

Lei lo squadra da capo a piedi. "Sei uno che si fa un sacco di problemi tu, vero?"

Entrano, il buttadentro la saluta e la guarda come a chiederle chi è quel tipo, lei lo rassicura con una strizzata d'occhio. Lorenzo osserva la scena, lei gli fa un cenno di saluto e poi si dirige verso il palco. Il concerto sta per iniziare.

4.

“Buonasera gente, e grazie per essere tornati al Downtown Blues. La prima canzone parla di persone che si sono perse, e di nuovi amici incontrati lungo la strada.”

Lorenzo è seduto da solo a un tavolino un po’ in disparte, in quell’ora strappata alla sua prima serata da morto, una specie di piano B del tutto imprevisto. Zoe è salita sul palco, accompagnata dagli applausi del pubblico, lui la guarda e pensa che il motivo del suo essere lì stasera, in quella che percepisce come una dimensione parallela nella quale è entrato, intontito dalla droga e dall’alcol, è lei, Zoe, la musicista che sta per esibirsi, la ragazza che non assomiglia a nessun altro.

Per un attimo ha l’impressione che le parole che ha appena pronunciato sul palco siano rivolte a lui, perché gli sembrava guardasse nella sua direzione, ma poi si rende conto di quanto sia ridicolo anche solo averlo pensato.

All’improvviso gli viene in mente che forse in realtà si è buttato ed è morto, e adesso si trova in una specie di aldilà, dove non ci sono angeli né luce bianca, e nemmeno gironi infernali e resa dei conti, ma soltanto la gente di Downtown Manhattan seduta a tavoli di legno appiccicosi sui quali ha appoggiato birre ghiacciate, e quella ragazza che ha imbracciato la chitarra e sta suonando una canzone che sembra parlare di lui. Che se fosse così, l’aldilà non sarebbe nemmeno male, pensa, non avrebbe più niente da temere nemmeno per quella questione che gli ha tolto il sonno nelle ultime settimane, convincendolo a cambiare la serratura del suo appartamento, l'11C, a metà del corridoio del terzo di ventiquattro piani di un building all'angolo tra la Settima Avenue e la Sessantaduesima Strada: duecentomila dollari persi a poker, una cifra che ovviamente non ha, ma questo è un dettaglio ininfluente per la gente a cui li deve. Realizzare che in linea d'aria è vicinissimo al posto in cui ha perso tutti quei soldi non aiuta, così come la voce della cameriera che, nel porgergli il bicchiere, gli chiede se vuole pagare subito o aprire il conto e saldare a fine serata. No, troppi dettagli, non può essere così la vita dopo la morte: questa è la realtà, adesso ne è certo, la stessa in cui il Cinese fa cenno al suo gigantesco "collaboratore" di colpirlo. Rivede la scena in modo così nitido che gli sembra di sentire di nuovo quel dolore acutissimo, e il sapore ferroso del sangue, proprio come quella sera in cui camminava barcollando lungo la Bowery, chiedendosi come avesse fatto a cadere così in basso e, soprattutto, come sarebbe mai riuscito a procurarsi tutto quel denaro.

Meglio concentrarsi su Zoe, pensa Lorenzo bevendo un sorso del suo Long Island. La prima canzone è finita, il pubblico applaude e lei ringrazia a mani giunte, poi accorda la chitarra per il brano successivo e ricomincia a parlare: "Robert Johnson non era un grande chitarrista. All'inizio suonava piuttosto male, nessuno avrebbe scommesso un centesimo su di lui. Poi, qualcosa cambiò: sua moglie morì cercando di partorire la loro bambina, nemmeno la piccola si salvò, così Robert sparì dalla città, non lo videro più per almeno un anno, e quando tornò suonava come nessuno mai prima di lui, le sue dita si muovevano sulle corde come se fosse posseduto... Fu allora che nel Delta del Mississippi cominciò a diffondersi la voce che una sera, intorno a mezzanotte, Robert avesse incontrato il diavolo a un crocevia, e che gli avesse promesso l'anima in cambio del talento".

Zoe racconta così bene che la gente non le stacca gli occhi di dosso. Continua a parlare svisando con la chitarra, sottolinea i punti salienti con languide note blues. Ce li ha in pugno, pensa Lorenzo, mentre si rende conto che anche lui pende dalle sue labbra. Il pensiero si forma proprio con quelle parole, e lui si vede miniaturizzato, piccolo, una specie di piercing appeso al labbro inferiore di Zoe. È questo il meccanismo con cui spesso i pensieri prendono vita nella sua mente, per poi crescere a dismisura e ossessionarlo. Stavolta però non accade. Anzi, l'immagine di lui trasformato in piercing lo fa sorridere.

"Ora," continua Zoe sul palco, "io non ho fatto nessun patto col diavolo, e comunque anche se lo facessi gli chiederei di pagarmi l'affitto, che al momento è il mio problema principale. In ogni caso, questa è proprio di Robert Johnson, e si intitola *Cross road blues*."

5.

Ritrovarsi a un concerto blues, vedere la protagonista della serata scendere dal palco e andare dritto al suo tavolo, da lui, proprio da lui: Lorenzo Maltoni da Roma, Italia. Tutto questo un po' lo esalta e un po' lo mette a disagio. Gli sguardi sono inevitabilmente indirizzati verso di loro, e non ci vuole molto per capire che se lui non fosse lì Zoe sarebbe la destinataria di chissà quante attenzioni.

"Sei rimasto..."

"Sei stata bravissima."

"Grazie. Mi sembra si siano divertiti..."

"Direi proprio di sì. Ti guardano tutti."

"Ma figurati, non siamo mica ai Grammy. Questo posto ormai è casa mia, alcuni clienti li conosco, dopo tre anni che suono qui ogni venerdì e sabato sera si crea un certo rapporto. Quello, per esempio... lo vedi?" E Zoe fa un cenno del capo per indicargli un tizio sulla sessantina, due tavoli più in là.

"Chi? Il tipo con lo smanicato?"

"Lui. Ogni volta che finisco di suonare si avvicina e mi dice che se solo gli do l'ok lascia la moglie e mi porta in California."

Lorenzo sorride.

"Allora io gli rispondo che non potrei mai vivere in un posto in cui non hai bisogno di fare il cambio degli armadi."

"E funziona?"

"Non molto. Perché a quel punto lui mi dice che non c'è problema, posso scegliere io dove andare, uno qualsiasi dei *cinquantasette* stati – ogni volta biascica un numero diverso –, tanto lui è abbastanza ricco da potersi trasferire dove vogliamo... usa il plurale, come se avessi già accettato."

Lorenzo guarda il tipo mentre Zoe gli racconta di lui, crede di riuscirci senza farsi notare, invece quello sembra accorgersene e abbassa la testa riattaccandosi al suo drink, la postura sconfitta di chi da troppo tempo vive la vita di qualcun altro.

"Dev'essere una sensazione stranissima, stare sul palco. Chissà quante ne hai viste da lì sopra."

Zoe gli risponde sorridendo che in effetti negli anni ha visto succedere di tutto: "Coppie che iniziano a baciarsi e finiscono quasi a fare sesso, altre che litigano, lei si alza, gli versa il drink sulla testa e se ne va. Poi ci sono quelli che i drink li mandano al tavolo di qualcuno che hanno puntato, e sai quante volte vengono rimandati indietro?".

"Io per una cosa così mi sotterrerei."

"Altre volte, invece, i drink li mandano a me. Quella lì, per esempio, la bionda con le braccia tatuate. La vedi?"

Lorenzo segue il sopracciglio di Zoe e se la ritrova nel campo visivo.

"Ecco, lei è la mia stalker numero uno. Si chiama Shirley, è una produttrice di Nashville. Aveva fatto registrare il primo demo a John Mayer quando lui aveva diciott'anni, o almeno così dice... Poi lui l'ha mollata per un altro produttore, e lei ha passato il resto della vita a raccontarlo a chiunque. A me l'avrà detto almeno un milione di volte. Vuole produrmi un disco, ma il fatto che vorrebbe anche trasferirsi da me non mi permette di considerare serenamente la proposta..."

"E, a parte lei, hai mai pensato di registrare un disco?"

Il rabbuiarsi dello sguardo di Zoe è talmente evidente che Lorenzo si morderebbe la lingua per averglielo chiesto. Per fortuna, con un tempismo provvidenziale sul palco stanno salendo altri quattro musicisti e lui ne approfitta per cambiare argomento. "C'è un gruppo."

"Sì, sono bravi. Hanno un repertorio blues più tradizionale. Io cerco di spaziare, inserendo qualche pezzo soul."

"Ho sentito. Incredibile la storia di quel chitarrista che ha venduto l'anima al diavolo."

"Non la conoscevi?"

"No," fa Lorenzo, "anche se il nome di Robert Johnson non mi è nuovo. Non è uno di quelli morti giovani, che formano una specie di club?"

"Il Club 27?"

"Esatto. C'era anche Jim Morrison, mi pare."

"Sì. E anche Janis Joplin, Jimi Hendrix e Kurt Cobain. E ovviamente Amy Winehouse."

"Però la storia del patto col diavolo non l'avevo mai sentita. In effetti, non sono un grande esperto di blues," aggiunge Lorenzo con un po' di imbarazzo. Quando Zoe gli chiede che musica ascolta risponde che gli piace l'elettronica. "Ogni tanto vado ai festival. Immagino che per te quella roba sia spazzatura."

Lei sorride e scuote la testa. "Per niente, ci sono stata anch'io a qualche festival."

"Tu? Non pensavo fosse il tuo genere..."

"Non è una questione di generi. Naturalmente ho il mio preferito, che poi è la musica che suono, ma in linea di principio aveva ragione Duke Ellington quando diceva che ci sono solo due tipi di musica: quella buona e tutto il resto."

Zoe fissa Lorenzo, intento a rimasticare quelle parole in cui forse intravede ben più di una considerazione sulla musica. "Non sei d'accordo?" lo incalza.

"D'istinto direi di sì, ma voglio pensarci."

Zoe annuisce, lui la fissa, concentrandosi sulle labbra, sul modo in cui si muovono. Gli sembra incredibile la svolta che ha preso la sua serata: dal cornicione dell'ufficio al tavolo di un locale, a parlare con una ragazza bellissima che ha appena finito di suonare. Una clamorosa sliding door. Ma al tempo stesso non può evitare di farsi tornare in mente anche il percorso che lo ha condotto lì – il poker, la droga, il bere, i soldi che deve al Cinese. Zoe sembra accorgersi di tutta quella roba che gli gira in testa, e allora cerca di riportarlo lì, al tavolo in fondo al locale.

"Ma tu avevi fame già due ore fa. Non hai ordinato niente?"

"No, ero troppo concentrato sulla musica. Ho bevuto due cocktail. In effetti, dovrei proprio mangiare un boccone..."

Lei fa un cenno al cameriere, ordinano due birre e un'omelette per Lorenzo, poi riprende: "Posso farti una domanda?".

"Certo."

Zoe si fa tutta seria, ma in un modo esagerato, come a voler stemperare ciò che sta per dire. "Che cosa era successo quando sei sceso e sei venuto da me? Come mai eri tutto... insomma, non in ordine?"

Lorenzo deglutisce, la guarda con un vago spavento negli occhi. Da dove cominciare? Dal fatto che stava per farla finita? Dai pensieri ossessivi? Oppure dalle sue abitudini, che forse sarebbe più preciso definire dipendenze? La domanda di Zoe è stata una secchiata d'acqua gelida, ora lui vorrebbe far sparire la città con uno schiocco di dita e raccontarle tutta la verità. Ma non è il momento – non qui, non adesso. Stasera al Downtown Blues sono di scena Zoe e la sua chitarra, non lui e i suoi mostri.

Cerca rapido una bugia, la trova, e mentre la dice le sta già chiedendo perdono: "Avevo fatto a botte col mio capo. Mi ha licenziato e gli ho messo le mani al collo. Sono arrivati quelli della sicurezza a dividerci, mi hanno preso e buttato fuori dall'ufficio, non ho fatto nemmeno in tempo a prendere la giacca. Sono entrato in ascensore, sono sceso e quando sono uscito dal building ti ho vista lì, appoggiata al muro che suonavi... così sono venuto da te”.

Zoe lo guarda perplessa. “E le scarpe?”

“Eh?”

“Le scarpe. Eri scalzo.”

“Ah sì, sì... certo, non le avevo. Perché...”

“Perché?” lo incalza lei.

“Ogni tanto in ufficio me le tolgo, così sto più comodo. Quando è scattata la rissa non le avevo...”

Zoe è sempre più perplessa. “Era tanto che lavoravi lì?”

“Tre anni. Da quando mi sono trasferito a New York.”

“Cosa fai?”

“Sono un broker. Guadagno facendo fare soldi a della gente orribile, spesso già ricca. Bello, no?”

Zoe sorride, lui guarda il suo profilo rivolto verso il palco e illuminato dalle luci morbide del locale. Ha lo stomaco in subbuglio, i pensieri aggrovigliati, si sente in colpa per averle già mentito. Mente a tutti da quando è nato, ma stavolta sente che non avrebbe dovuto, perché anche se la conosce da meno di tre ore sa già che Zoe è diversa, che è un'altra cosa. Ormai però è andata così, non si può tornare indietro, e allora giura a sé stesso che, se lei lo vorrà, le racconterà tutto, le dirà cos'era successo davvero prima di incontrarla, le parlerà di quelle scarpe che non c'erano, di lui e della sua vita scalcagnata.

6.

Devo correre, il blues viene giù come grandine
La luce del giorno continua a tormentarmi
C'è un segugio infernale sulle mie tracce.

ROBERT JOHNSON, *Hellhound on my trail*

Sulla sponda orientale del Delta del Mississippi, dove dall'incontro tra il Tallahatchie e lo Yalobusha nasce un altro fiume chiamato Yazoo, sorge la città di Greenwood, capoluogo della Contea di Leflore. Il destino di questi luoghi sembra già scritto nel suono dei loro nomi, nella sequenza ritmica e sincopata delle lettere che li compongono, che assomiglia a un alfabeto della sofferenza e della voglia di rivalsa. Da queste parti, dove un tempo foreste rigogliose ricoprivano gran parte del territorio, verso la fine del Settecento erano sorte quelle piantagioni sconfinate nelle quali moltitudini di schiavi giunti dall'Africa si sarebbero spaccati la schiena dall'alba al tramonto, trasformando quel territorio in uno dei principali centri mondiali di produzione di cotone, e quel periodo in una delle pagine più vergognose della storia dell'umanità.

Ridotti in schiavitù da padroni senza scrupoli, considerati nient'altro che macchine da lavoro, privati dei più elementari diritti e della loro stessa dignità, quegli uomini e quelle donne abitavano rassegnati i loro giorni tutti uguali, schiacciati dalla fatica e dalla crudeltà dei loro aguzzini, della quale portavano i segni sul corpo e nell'anima. Cantare era l'unico modo per non soccombere, la musica che avevano dentro non erano riusciti a portargliela via, nemmeno strappandoli alla loro terra e trascinandoli in quel baratro di disperazione. Non era stata una scelta ragionata, avevano iniziato soltanto per darsi forza, per alleviare la fatica e il dolore, per esprimere i loro sentimenti in quell'inferno nel quale erano stati scaraventati. Chissà se mentre cantavano erano anche solo in parte consapevoli della rivoluzione che stavano mettendo in atto, di cosa avrebbero rappresentato i loro canti per la storia della musica. L'inizio di tutto, la costola sacra e dolentissima intorno alla quale sarebbero cresciuti il gospel, il blues, il jazz, lo stesso rock 'n' roll.

A Joe Harris piace leggere, soprattutto da quando è ospite della casa di riposo Hope, a New Orleans. Il libro che ha tra le mani glielo ha regalato sua nipote, l'ultima volta che è venuta a trovarlo. È un grosso volume sulla città in cui è nato e nella quale ha vissuto gran parte della vita, dedica diversi capitoli alla sua scena musicale. È proprio a Greenwood che è morto Robert Johnson, forse il chitarrista blues più influente di tutti i tempi. Nel libro si parla molto di lui, della sua storia piena di misteri, ma si racconta anche di tanti musicisti locali, tra i quali lo stesso Joe, con tanto di foto sbiadita e didascalia dove viene descritto come "chitarrista dotato e ottimo cantante".

Nei suoi interminabili pomeriggi Joe continua a sfogliarlo, e a guardare quell'immagine che lo ritrae mentre suona una vecchia chitarra a sei corde, seduto nel patio di casa sua. Non sono tanti gli ospiti con cui può parlare, molti di loro sono ammalati in forma più o meno grave di demenza senile o di Alzheimer. Joe invece, nonostante abbia compiuto novantatré anni, è lucidissimo, e così nei momenti di solitudine si rifugia tra le pagine di quel libro, abbandonandosi ai ricordi.

Suo nonno James aveva lavorato nelle piantagioni di cotone, era morto giovane. Le uniche immagini che Joe aveva di lui erano due dagherrotipi che la nonna Evelyn gli aveva mostrato mentre gli raccontava la sua storia, fatta di lunghe giornate di lavoro massacrante e di ritorni verso la stamberga in cui riposavano qualche ora prima di ricominciare all'alba di un giorno nuovo solo per il calendario, ma uguale a tutti gli altri. Tornando verso quella che chiamavano casa, James cantava con il poco fiato che gli restava nei polmoni, teneva per mano la moglie e la sorreggeva mentre camminavano insieme nel buio di quella vita senza speranza. Eppure ce l'aveva fatta, Evelyn era riuscita a tirare su il loro bambino, Marvin, e quando era morta, lui, ventiquattrenne, le aveva organizzato un bellissimo funerale in un grigio pomeriggio di novembre, ingaggiando per pochi spiccioli una band che aveva suonato brani solenni e malinconici, si erano sentiti in tutta la città. Marvin si era sposato e aveva avuto sei figli da tre mogli diverse; il più piccolo, nato quando lui era molto in là con gli anni, era Joe. Aveva ereditato la passione per la musica dal nonno mai conosciuto e se ne stava seduto spesso in quel patio, a suonare il blues.

Chissà se la memoria di tutta quella sofferenza faceva da contrappunto alla sua musica, se i racconti di sua madre gli erano entrati sotto la pelle: fatto sta che Joe suonava dalla mattina alla sera. Non smetteva mai, e quando non poteva, usava solo la voce: cantava, cantava anche quando ficcava le mani dentro i motori che riparava nell'officina del signor Winston. Suonava e cantava pure per fare colpo sulle ragazze, e infatti Shanice, figlia di un pastore della Chiesa Avventista, una sera lo aveva notato: in un attimo aveva capito che era con quel ragazzo che voleva stare, con nessun altro che non fosse lui.

Avevano avuto quattro figli e tredici nipoti, che vivevano sparsi tra Mississippi, Louisiana, Tennessee, Carolina del Sud e New York. Anche per loro suonava sempre, il vecchio Joe, fino a quando aveva avuto abbastanza energia in corpo. Fino a quando le sue dita avevano risposto ai comandi, fino a quando l'artrosi e la bottiglia – che sempre più spesso gli faceva compagnia – non avevano rallentato fatalmente i suoi movimenti.

E così, dopo la morte di Shanice, i nipoti avevano deciso di sistemarlo in quella casa di riposo. La più piccola non aveva capito molto di tutta quella storia: sapeva solo, e per questo aveva pianto un'intera settimana, che suo nonno non avrebbe più suonato per lei. Era bellissimo quando se ne stavano seduti sui gradini della veranda, e lei, alla fine di ogni canzone, diceva: "Ancora!". Il vecchio Joe diceva sorridendo che era stanco, ma forse un'ultima canzone riusciva a fargliela sentire. Lei rideva e batteva le mani, il viso incorniciato dai capelli ricci splendeva di gioia. Dei tredici nipoti era di gran lunga la più sensibile alla musica, fissava con occhi curiosi le dita nodose del nonno che scivolavano lungo il manico della chitarra, come se già volesse rubargli i segreti, imparare la tecnica.

E allora Joe se la prendeva in grembo, le diceva di mettere le manine sulle sue e con la voce arrochita dalle troppe sigarette fingeva di essere un presentatore – "Signore e signori, questa sera avrete la fortuna di assistere al primo concerto di un duo del quale sentirete parlare a lungo." A quel punto staccava per un attimo le mani dalle corde e faceva un piccolo applauso, simulando con la voce le urla di entusiasmo di un pubblico immaginario. Lei sorrideva, lo sguardo sognante rapito dalla musica che si sprigionava dalle dita del nonno, inebriata dal suo odore di alcol e di fumo. Aveva quattro anni, quella bimba. Si chiamava Zoe.

7.

Il locale si è svuotato, l'ultimo cliente esce barcollando, un cenno di saluto al barista e un bacio lanciato a Zoe. Lorenzo è a pezzi, e il suo aspetto lo testimonia fedelmente: gli occhi infiammati e orlati di rosso, e un colorito che vira dal grigiastro al verdognolo.

"Come ti senti?" gli chiede lei.

"Non malissimo."

Zoe sorride, mentre guarda di sfuggita verso il bancone: il gestore del locale, un uomo dall'aspetto vagamente sordido, è impegnato nei conteggi della serata. "Cosa vuol dire 'non malissimo', nel tuo universo? Ce la fai a camminare o devo portarti in spalla?"

Proprio in quel momento, Lorenzo sente un conato di vomito salire forte in gola. "Ho bisogno del bagno, credo..."

Zoe gli indica la porta, lui si scaraventa dentro, si inginocchia davanti alla tazza e si libera, reggendosi la fronte con la mano. Un odore acre assale le sue narici, testimonianza olfattiva di tutto quello che è accaduto nelle ultime sette ore.

Non ha nemmeno fatto in tempo ad accendere la luce, si è dovuto far bastare il poco che ne filtrava dalla porta. Quindi, adesso è inginocchiato al buio dopo aver vomitato nel bagno del Downtown Blues, è sudato marcio, in bocca un sapore che non augurerebbe di provare neppure al suo peggior nemico.

Il problema è rialzarsi, trovare a tentoni il lavandino, sciacquarsi la bocca e uscire, cercando di darsi un po' di contegno e di dissipare la tonnellata di imbarazzo derivante dal pensiero che lì fuori c'è la ragazza più bella del mondo, quella che gli ha salvato la vita e che adesso si ritroverà di fronte un rottame italiano in hangover, uno spot vivente dello stile di vita da evitare se vuoi superare i quarant'anni. Cerca di ricomporsi, si guarda allo specchio, trovandosi meno peggio di come pensava. Ma dura un attimo, perché arriva già un nuovo conato, e così si ributta a terra, facendosi malissimo alle ginocchia, e ricomincia a vomitare, più forte di prima.

Quando finalmente riesce a uscire dal bagno, cerca Zoe con lo sguardo. Sta parlando col boss del Downtown, che le risponde senza staccare gli occhi dalle banconote che sta contando. Le luci sono accese, le cameriere capovolgono le sedie sui tavoli, mezze addormentate. Lo spettacolo dell'orario di chiusura è affascinante per Lorenzo, sa di backstage, di fine riprese di un film. Zoe intanto ha preso i soldi senza salutare ed è tornata da lui.

"Come va? Ti senti meglio?"

"Sì, sì, grazie. Ora cerco un taxi e torno a casa."

"Se mi aspetti esco con te."

In un attimo sono fuori, in silenzio. Due vecchi amici possono trovarsi in una situazione del genere senza imbarazzo, sorridendo dello stato pietoso in cui versa uno dei due. Ma Zoe e Lorenzo non sono due vecchi amici. Non sono nemmeno amici. Non sono, al momento.

"Mi sembri ancora sottosopra. Sei sicuro di farcela?"

"Sì, non preoccuparti. Appena ne arriva uno vado."

Quasi non fa in tempo a finire la frase, sente che non è ancora passata. Non vuole ricominciare davanti a lei, e così corre verso una provvidenziale aiuola lì vicino. Riappare poco dopo, tentando di darsi un tono mentre ritorna da Zoe, ma non funziona.

"Ti va di salire da me? Ti faccio una tisana, mi sa che ne hai bisogno."

"No, davvero. Meglio che vada."

"Fidati. Lo faccio per il tassista. Non vorrei essere nei suoi panni, quando dovrà ripulire la macchina..."

Sorridono, lui la segue verso il portone. Nonostante lo stato in cui si trova non può non notare che è lo stesso palazzo dal quale sono appena usciti. Strabuzza gli occhi, Zoe anticipa le sue parole.

"Sì, è lo stesso building del locale. Abito al secondo piano."

L'appartamento è piccolo ma accogliente, arredato con mobili di stili diversi accostati con gusto, nel tempo. L'opposto delle case decorate dagli arredatori, congelate nella loro perfezione. Ci sono almeno quattro chitarre, amplificatori, un mucchio di plettri dentro una tazza rossa appoggiata su una scrivania anni sessanta. È decisamente la casa di una musicista.

"Zenzero o passiflora?" chiede Zoe dal cucinino.

"Scegli tu."

Lei accende il bollitore, poi si toglie le scarpe, si lega i capelli e va verso il giradischi. Lorenzo nota la lunghezza del suo collo, la scanalatura della nuca che declina dolcemente verso l'inizio delle spalle e le scapole.

My Funny Valentine
Sweet comic Valentine
You make me smile with my heart.

Chet Baker inizia a cantare, mentre lei prende le tazze fumanti e si sposta verso il divano di pelle nera sotto la finestra.

"Chi è la signora accanto a Marvin Gaye?"

Zoe aggrotta le sopracciglia.

“I magneti sul frigo.”

“Ah. È Bessie Smith, una cantante blues degli anni trenta. Non è così famosa, se non sei dentro quella musica.”

Lorenzo si accosta la tazza alle labbra, ma la tisana è ancora bollente.

“Nel blues non serve che il pubblico ti conosca, ma che tu conosca il pubblico,” dice Zoe con una voce soffiata.

“Cosa?”

“L’ha detto lei, è una sua frase. Era veramente un personaggio incredibile. Oltre a cantare, faceva spettacoli comici ed era anche un mimo.”

Lorenzo la ascolta affascinato, potrebbe restare seduto lì per sempre, la tisana alla passiflora tra le mani e la musica che suona nella stanza. Dimenticarsi di tutto e sparire, col Cinese che lo cerca per recuperare i suoi soldi, suo padre che chiama l’ambasciata per avere sue notizie, la madre che piange credendolo morto e lui lì, chiuso in un appartamento di Bleecker Street, avendo come unica occupazione quella di ascoltare le storie di Zoe e di aspettare che si faccia sera per scendere due piani e andare a sentirla cantare.

“Mi hai salvato la vita, lo sai?”

“È solo una tisana.”

“Non parlo di quella. La canzone. Il concerto. Adesso. Grazie, davvero.”

“Figurati,” risponde lei distogliendo lo sguardo, intimidita.

“Mi piace la tua casa. Ti assomiglia.”

“È piccola, ma ci sto bene. Tu invece dove vivi?”

“Nel West Side, sulla Sessantaduesima. La mia casa è un caos, come la mia vita del resto.”

“Neanche la mia è così ordinata.”

Lorenzo beve un sorso. “Sì, ma... è diverso.” Fa una pausa, cerca un esempio. “Nella mia sembra che ci sia scoppiata dentro una bomba. Nella tua, mi aspetto che da un momento all'altro qualcuno suoni alla porta con le birre e il pollo alle mandorle."

"In effetti la cucina cinese è la mia preferita."

"Anche la mia. Ma se adesso immagino la zuppa di noodles devo correre di nuovo in bagno."

"Sei ancora pallido, in effetti."

"Passerà. Adesso vado e ti lascio in pace."

Zoe lo dice senza pensarci, le parole escono da sole: "Se vuoi puoi dormire qui. Mi sembri ancora un po' stravolto".

"Ma no, figurati. Grazie, prendo un taxi..."

"Insisto. Puoi stare sul divano."

Lorenzo esita, ha una gran voglia di accettare. "Sei... sei gentile con me. Perché?"

"Non ci sono risposte a tutte le domande. E poi ti sto solo offrendo un divano. Anzi, te lo dico: è mezzo sfondato... Vado a prendere le lenzuola."

La vede allontanarsi di spalle, la figura esile e sinuosa inghiottita dal breve corridoio. Si alza, imbambolato. Non è abituato alla gentilezza disinteressata.

8.

"Oddio, che t'è successo?"

"Niente, pa'," piagnucola il bambino. "Sono caduto," aggiunge guardandosi i piedi.

Intorno Roma Nord, la Cassia, tutta pacche sulle spalle e ville abusive. È l'autunno del 1993.

"Non di' cazzate, quell'occhio nero nun t'o fai cadendo. Chi è stato?"

"Nessuno, papà. Sono inciampato, stavamo correndo per andare in mensa."

Adolfo Maltoni, polo nera con colletto alzato e Ray-Ban da aviatore in metallo dorato, appoggia due dita sul mento del figlio e gli sposta la faccia per vedere meglio: è un occhio nero, non ci sono molti dubbi. "Lore', tu adesso me dici chi t'ha fatto questo. È chiaro? Sennò te faccio nero pure quell'altro. Mi senti? SÌ O NO?"

Ora papà sta proprio urlando, e Lorenzo si mette le mani sulle orecchie, mentre passa da un timido singhiozzare a un pianto dirotto.

È stato Tommaso De Francisci a tirargli quel pugno. Hanno litigato durante l'ora di educazione fisica, stavano giocando a pallone, lui ha sbagliato un goal facilissimo e Tommaso gli ha urlato che era uno sfigato, che quel goal lo segnava pure sua sorella di tre anni. Poi si è messo a fare una vocina strana, sottile, parlandogli a un centimetro dalla faccia.

"Scusate se non ho segnato, ma era troppo difficile fare goal, perché io sono Lorenzino lo Sfigatino, LO SFI-GA-TIII-NO!"

A quel punto tutti gli altri, compagni e avversari, hanno cominciato a ridere sguaiati, e a ripetere quella frase fino a farla diventare un coro: "LORENZINO LO SFIGATIIINO! LORENZINO LO SFIGATIIINO!".

Tommaso intanto mimava il tiro sbagliato, con movimenti sgraziati e ridicoli, vagamente effeminati, una cosa per la quale lo prendono spesso in giro. Lui effettivamente è diverso, ha un corpo sottile e si muove leggero, senza la scompostezza rumorosa e sudaticcia tipica dei ragazzini di sette-otto anni.

"Anzi no," ha continuato Tommaso, "lui non è Lorenzino lo Sfigatino. Lei è Lorenzina la Sfigatina!"

Quando è partito il nuovo coro declinato al femminile Lorenzo si è avvicinato e ha spintonato Tommaso, facendolo cadere: la piccola folla urlante si è ammutolita e ha circondato i due in un silenzio carico di tensione. Tommaso si è rialzato e lo ha fissato con astio: un secondo esatto ed ecco quel pugno forte e preciso, dritto nell'occhio destro di Lorenzo. Stavolta è stato lui a cadere, mentre il compagno lo guardava soddisfatto, come a fargli capire che non doveva permettersi mai più di toccarlo. Ma Lorenzo non lo vedeva perché era piombato in un buio totale e riusciva a pensare solo a cosa avrebbe detto a suo padre.

"Allora? Me lo dici o no?"

Borbotta un nome incomprensibile.

"Chi?"

"Tommaso De Francisci," ripete con più chiarezza Lorenzo, le parole impastate dalle lacrime.

"Ah, lo stronzetto del Rione Monti. Er fijo dei fricchettoni! Giusto?"

Lorenzo non capisce bene cosa intende suo padre. Nel dubbio accenna con la testa un sì, così incerto che potrebbe anche essere un no.

"È lui o no? RISPONDI!" gli urla mollandogli un buffetto.

"Non lo so! È quello del terzo banco. È venuto qualche volta a fare merenda da noi."

"Certo, ho capito benissimo. Vieni con me."

"Dove? Voglio andare in camera mia."

"HO DETTO VIENI CON ME!"

Lo strattona prendendolo per un braccio e lo trascina verso la sua Lancia Thema Ferrari blu. Apre lo sportello e scaraventa suo figlio nel posto del passeggero, gira dall'altra parte, sale in macchina e parte sparato.

"Adesso lo vedi come la risolviamo 'sta situazione. Cosa ti dice sempre papà? Con chi vuoi stare tu? Coi forti o coi deboli?"

"Con la mamma. Io adesso vorrei stare con la mamma."

"Ecco! Lo vedi perché torni a casa con l'occhio nero? Perché invece che coi forti vuoi stare con la mamma. Che sei, un neonato? Eh? Un bambino de du' anni? Tu adesso sei 'n ometto, devi cominciare a capire che nessuno te può mette i piedi 'n testa. Te sei er fijo de Adolfo Maltoni, e quei quattro stronzetti te li metti 'n saccoccia. Chiaro? Specialmente quel frocetto figlio de' comunisti. 'O sai che i genitori di Tommaso so' comunisti?"

No, lui non lo sa cosa vuol dire comunisti, lui ha sette anni. Non risponde, ma il padre nemmeno se ne accorge.

"Tu devi capirlo subito da che parte stare. Te lo dice sempre anche il nonno. I comunisti so' quelli che nun c'hanno voglia de fare 'n cazzo. Passano tutto il giorno a leggere libri pieni de cazzate e a rompere i coglioni agli altri, alle persone per bene come noi, che si fanno il mazzo per vivere decentemente. Hai capito?"

"Sì, papà."

"E adesso noi andiamo a spiegargli come si sta al mondo, a questi parassiti. Ok, Lore'?"

"Cosa vuoi fare, pa'? Io... io ho paura..."

"Ma paura de che? de chi? Stai co' tu' padre, nun devi ave' paura. Ora annamo a insegnarglie a vive, allo stronzetto tirapugni!"

"Ma come fai a sapere dove abita?"

"Un giorno l'abbiamo accompagnato. Ecco qua, semo arrivati. Adesso te gli citofoni e gli dici di scendere, che vuoi fare pace. Poi, quando arriva ti avvicini facendo finta d'esse tranquillo, e glie ridai er pugno, nello stesso occhio. Ok?"

"No, non voglio! Ti prego, torniamo a casa."

Lorenzo piange disperatamente, ma Adolfo sta già parcheggiando davanti a un palazzo bordeaux, in via Panisperna.

"Non se ne parla. Devi fare come ti ha detto papà. Vieni."

Esce dalla macchina, apre lo sportello e lo trascina fuori. Lorenzo è così spaventato che sembra ancora più piccolo, mentre suo padre lo prende per mano e cammina a passo spedito verso il portone, arriva alla pulsantiera e cerca il cognome. Suona due volte, poi risponde una voce di donna: "Sì?".

Lorenzo si asciuga gli occhi, suo padre gli fa cenno di parlare. "Signora, sono Lorenzo. C'è Tommaso?"

"Ah, ciao Lorenzo. Sì, sta facendo i compiti. Vuoi salire?"

"No, grazie, può dirgli di scendere un attimo? Devo dargli un libro che ho messo per sbaglio nel mio zaino."

Adolfo alza il pollice con fierezza, come a complimentarsi della bugia inventata su due piedi.

"Va bene. Glielo dico."

Passano due minuti, il padre gli ricorda a gesti cosa deve fare, mimando il colpo che laverà l'onta, che lo farà tornare tra i forti, tra quelli che non abbassano la testa. Lorenzo è sempre più impaurito, non sa più come dirglielo che vorrebbe soltanto tornare a casa. Il rumore secco del portone che si apre è il segnale, Adolfo va a nascondersi dietro l'angolo, in una posizione dalla quale può godersi lo spettacolo. Quando Tommaso esce ha l'espressione di chi non capisce cosa succede, mentre cammina diffidente verso il compagno. "Che vuoi?"

Lorenzo lo fissa a bocca aperta, le ginocchia che tremano. "Volevo parlare," risponde con voce esitante, poi si gira a guardare suo padre che gli fa segno di colpirlo.

"Che fai? Sei strano. Dove stai a guarda'?"

"Niente, c'è un cane vecchissimo lì dietro. Tutto spelacchiato."

"Dove?"

"Lì," risponde Lorenzo indicando l'angolo dietro cui si è nascosto suo padre.

Tommaso si gira, sempre più perplesso. "Io non vedo niente. Non c'è nessun cane."

È in quel momento che lo colpisce. Forte, fortissimo. Tommaso cade all'indietro, Lorenzo lo guarda spaventato. Passano tre secondi che nella sua percezione sembrano due ore. Il primo istinto sarebbe di aiutarlo, si è già chinato su di lui, ma Adolfo gli urla "NO!", Lorenzo vede il sangue uscire dal naso del compagno, ha paura, si gira verso il padre che adesso gli fa cenno di raggiungerlo. Inizia a correre, si ricongiungono e Adolfo lo afferra per un braccio, trascinandolo verso la macchina. Ripartono a manetta, Lorenzo guarda il profilo di suo padre, il mento prominente rivolto verso l'alto e le grosse mani che stringono il volante, mentre sgomma tra le viuzze strette del rione Monti, visibilmente soddisfatto.

"Hai visto? È caduto come un salame, il frocetto comunista. Nun se l'aspettava. Sei contento? Hai visto come si fa? La prossima volta ce pensa du' vorte prima de rompe li cojoni a mi' fijo!"

Lorenzo afferra in silenzio la cintura di sicurezza e la aggancia. Ingoia le lacrime, guardando nel vuoto. Non sa cosa pensare. Vorrebbe soltanto starsene in camera per una settimana, a giocare col Game Boy fino a dimenticarsi di tutto. L'ultima cosa che pensa prima di chiudere gli occhi e abbandonarsi contro lo schienale è che se solo avesse segnato quel goal tutto questo non sarebbe mai successo.

9.

Quando apre gli occhi non saprebbe dire se sta sognando, se è vivo, morto o chissà che.

Forse si trova in quell'altrove lattiginoso dove si finisce dopo certe giornate lunghe e confuse, come se l'indomani mattina non fosse possibile andare semplicemente avanti sul calendario.

Una timida luce naturale filtra attraverso la tapparella, e questa è già una prova che, qualsiasi cosa sia, non sta accadendo nel suo appartamento: dorme sempre con la luce accesa, così se i mostri tornano a trovarlo almeno può riconoscerli.

La prima cosa che vede è la parete blu con la locandina di *Jackie Brown*.

Allunga il braccio di lato, la mano finisce nel vuoto. La ritira su, tasta in giro sul suo corpo in cerca del telefono, tocca la coperta, sembra un'autoperquisizione. Sente lo schermo freddo e liscio sotto i polpastrelli. Schiaccia il tastino laterale per guardare ora e data: sabato 8 giugno, 12.36.

La prima cosa da capire adesso è se è al sicuro, se non corre rischi. Del resto, è così che ha sempre vissuto, svegliandosi ogni giorno con la paura di qualcosa o di qualcuno: il giudizio di suo padre o del suo capo, i vizi di cui non riesce a liberarsi, il Cinese a cui deve soldi. Si tira su a sedere, provando un leggero dolore alla base della schiena, annusa l'aria intorno e ci trova dentro qualcosa di vagamente familiare, un odore che tuttavia non riesce a catalogare. Poi, di colpo, rimette insieme i pezzi: i capelli ricci, gli occhi, la scritta sulla maglietta, quel neo all'angolo della bocca. Loro due sul divano, *My funny Valentine*, lei che lo rassicura, gli offre ospitalità per la notte. Frame rapidissimi, come quando da bambino disegnava sugli angoli delle pagine di un quaderno e poi le faceva scorrere. Lorenzo si lascia cadere di nuovo sul divano, trafitto dal suo stesso sorriso. Fa fatica a credere che sia successo a lui, proprio a lui. È sempre così: non appena un accenno di gioia bussa alla sua porta, pensa che abbia sbagliato indirizzo, che ci sia un errore, o che qualcuno voglia imbrogliarlo. Eppure è successo, lei si è presa cura di lui, senza fare troppe domande.

All'improvviso ecco il suo nome, Lorenzo lo vede proiettato su un gigantesco display di Times Square che pulsa nella sua testa.

ZOE.

Z, O, E.

La ragazza con la chitarra, *First time I met the blues*, il Downtown Blues, il musicista che ha fatto il patto col diavolo. E poi lui sul cornicione, strafatto e ubriaco, i suoi piedi nudi, Park Avenue a doppio senso. Come possono tutte quelle cose essere accadute in meno di ventiquattr'ore?

10.

Il rumore del vetro che cade nel bidone del furgoncino della raccolta. Ha perso il conto dei "*Fuck*" che ha sussurrato quando lo sente. A volte lo dice a voce alta, quando la sveglia di soprassalto come stamattina. Ma non appena apre gli occhi sa di non essere sola, e così sceglie la versione bisbigliata, un soffio impastato che muove appena appena l'aria intorno alla sua bocca nella camera da letto del suo bilocale in Bleecker Street, sopra il Downtown Blues.

Cerca il telefono sotto il cuscino, è sempre lì che lo mette, nonostante abbia letto che non dovrebbe, perché le radiazioni di quegli aggeggi fanno male al cervello. Ma ha speso ottantanove dollari per un cuscino in memory foam, Dio santo, e se le verrà il cancro al cervello farà causa alla ditta produttrice, pagandosi le cure con il risarcimento. Legge l'ora sul telefono, sono le sette e quarantuno e lei sospira di disappunto, riabbandonando la testa sul cuscino salvavita. Rimane lì ancora un po', poi si alza, cammina in punta di piedi fino al soggiorno, stringe gli occhi e scorge nella semioscurità la sua sagoma rannicchiata sul divano – a quanto pare non ha sentito nulla. Un sorriso le attraversa il volto, ma viene subito spazzato via da una smorfia di ansia e da mille domande. Chi è quel ragazzo? Uno con la vita incasinata, non c'è dubbio. Da dove è saltato fuori?

Le è piaciuto parlare con lui, dargli una mano quando lo ha visto in difficoltà, in preda all'alcol e a chissà che altro. Ma sa bene che l'ultima cosa di cui ha bisogno è imbarcarsi in una situazione nata complicata, e allora forse è meglio fermare tutto subito, prima di pentirsi, prima che alla tenerezza di una serata bizzarra si aggiunga dell'altro, qualcosa di cui non nega di aver avuto voglia. Quella serata le ha lasciato addosso un senso di complicità che adesso si costringe ad allontanare, perché è meglio così. Ma poi lui si muove nel sonno, fa uno scatto come se fosse in preda a un incubo, lei lo guarda intenerita e allora i pensieri ripartono: lei che sta suonando *First time I met the blues* e lui che arriva all'improvviso, scalzo come Paul McCartney sulla cover di *Abbey Road*, completamente fuori controllo eppure così attraente, lui e tutta quell'inquietudine che si porta a spasso, un bambino con la camicia fuori da un paio di pantaloni spiegazzati, gli occhi lucidi e quel modo di parlarle che, nonostante tutto, la disarma.

E però, cazzo, non le ha raccontato nulla di sé, e nemmeno cosa gli era successo, perché era in quello stato, e quando lei ha provato a informarsi le ha mentito goffamente, ne è certa nonostante lo conosca da meno di dodici ore. D'altronde, lei di tipi irrisolti, di "casi umani", ha fatto collezione.

Ha appena chiuso con Thomas, lui e le sue promesse da quattro soldi, promesse che Zoe non aveva mai preteso, ma che arrivavano puntuali ogni volta che le dimostrava fino a che punto fosse inaffidabile, incapace di pianificare non dico una famiglia e un mutuo, ma una minima prospettiva di normalità, senza dovergli prestare cinquecento dollari per l'affitto o trovargli in tasca il numero della bassista che lei stessa gli aveva presentato a una festa su una piattaforma sull'Hudson. Preferiva stare da sola, si era detta.

E come se non bastasse, adesso tutto quel vetro del cazzo che l'ha svegliata di soprassalto, alle sette e quarantuno. No, non andrà avanti a cercare di capire, sente di non poterselo permettere. Del resto con Lorenzo non è successo niente, hanno solo chiacchierato. Meglio così, meglio non essere andata oltre. È stata soltanto una serata un po' surreale con un tipo che sì, le piace, ma che, dai, era in giro senza scarpe e ha vomitato nel bagno del locale in cui suona, uno che è andato dritto da lei visibilmente alterato e dal niente ha cominciato a parlarle a raffica.

Ritorna in camera cercando di non far rumore, si mette una maglietta e un paio di pantaloni ed esce a prendersi un blueberry muffin e un caffè doppio, risale con la colazione anche per lui e gliela appoggia sul tavolo del cucinino, insieme a un biglietto:

BUONGIORNO LORENZO,
SPERO TU STIA MEGLIO.
LASCIA LE CHIAVI SOTTO LO ZERBINO QUANDO VAI VIA.
BUONA FORTUNA.

Poi esce di nuovo per una lunga passeggiata, come fa sempre quando ha bisogno di riflettere.

11.

C'è un sacco di luce per essere il mio primo giorno da morto, pensa Lorenzo appena uscito dal portone. Quando si è svegliato è rimasto sul divano per un po', poi ha teso l'orecchio per capire se lei fosse di là, ma niente, in casa regnava un silenzio totale. Allora si è alzato, ha camminato in punta di piedi verso la camera di Zoe e ha dovuto constatarne l'assenza. Poi, tornato verso il piccolo soggiorno con angolo cottura, ha visto la colazione e quel biglietto, che se non sa completamente di addio, non è di certo nemmeno un arrivederci.

Si ritrova a camminare da solo lungo l'assolata Bleecker Street del sabato mattina, in mezzo alle ragazze perfette di Soho che fanno shopping e ai turisti in cerca di cianfrusaglie. Ha addosso i vestiti del giorno prima: sono loro gli unici testimoni di tutto quello che gli è successo, perché erano con lui su quel cornicione, quando stava per buttarsi di sotto, su quel vagone della metro, mentre si chiedeva se non fosse stato invadente ad attaccare bottone con quella ragazza in Park Avenue, e infine su quel divano, quando è crollato, esausto.

Deve farsi una doccia, questo è il suo progetto immediato per il futuro. Che poi, il futuro... Si chiede che senso possa avere quella parola per un tizio che adesso dovrebbe starsene steso su un letto freddo in un obitorio, un cartellino appeso all'alluce – ammesso che queste cose accadano anche nella vita vera, oltre che in tv. Eppure, per quanto gli sembri strano, deve ammettere di vedere davanti a sé una qualche prospettiva. Nulla di progettuale, semplicemente il fatto di pensare alla sua vita come a qualcosa di reale.

Chissà se poi avrebbe avuto il coraggio di farlo davvero. Certo, dovesse deciderlo adesso direbbe che è stata l'apparizione di Zoe a convincerlo a desistere. Ma non potrà mai stabilire con assoluta certezza cosa sarebbe accaduto nei cinque minuti successivi, se lei non fosse comparsa nel suo raggio visivo con la chitarra e tutti quei capelli. Forse non ne avrebbe comunque avuto il coraggio, avrebbe prevalso la paura... E a quel punto? Cosa sarebbe accaduto? Oppure si sarebbe buttato, ma non sarebbe morto, magari sarebbe rimasto per sempre inchiodato a sbavare su una sedia a rotelle, con suo padre che lo spinge nel viale intorno alla loro villetta di Roma Nord. Ecco, di tutte le prospettive possibili questa è in assoluto la più orribile, non tanto per la condizione in sé quanto per il fatto di dover sentire quella voce alle sue spalle parlargli per il resto della sua vita.

E invece, niente di tutto questo, perché tra quelle ipotesi e lui che cammina su un marciapiede di Bleecker Street è venuta a mettersi Zoe, la ragazza che non assomiglia a nessun altro, colei che senza saperlo gli ha salvato la vita e poi però gli ha scritto quel biglietto. Al momento, fino a prova contraria, l'ultimo atto della loro brevissima relazione.

12.

Tre canzoni di Robert Johnson. Il tempo che Lorenzo è rimasto sotto il getto d'acqua del cipollone. Ha fatto partire sul telefono un mix dei suoi pezzi, si è tolto di dosso quella roba puzzolente ed è entrato nella doccia del suo appartamento, che sarebbe tutt'altro che sgradevole se non fosse che l'affittuario è lui.

Quando ci è rientrato gli è sembrato strano vedere in che stato lo aveva lasciato, che poi è lo spettacolo che qualcuno si sarebbe trovato davanti agli occhi se il suo proposito suicida fosse andato a buon fine. "A buon fine": si dice così anche parlando di un suicidio? Lorenzo se lo chiede mentre, camminando tra mucchi di cartoni di pizza, lattine e vestiti sporchi, raggiunge il divano beige e ci sprofonda dentro in accappatoio, accendendosi una mezza canna lasciata sul tavolino. Chi sarebbe entrato a controllare, poi? I detective? La sua casa sarebbe stata oggetto di indagine, per capire le motivazioni del suo gesto? Una specie di scena del crimine?

Aveva deciso di non lasciare biglietti, né ai suoi genitori, che non sentiva da quasi un mese, né ai pochi amici che aveva mantenuto in quell'ultimo anno e che ormai vedeva sempre meno. La spirale in cui era stato risucchiato lo aveva isolato sempre più, le persone che frequentava erano soltanto i pusher e i tizi con cui giocava a carte. Fino a qualche mese prima gli amici lo cercavano, soprattutto Fernando, un collega con cui pranzava spesso: ogni tanto durante il weekend gli mandava dei messaggi, ma Lorenzo rispondeva soltanto la domenica sera, raccontando balle su come aveva trascorso il fine settimana, inventandosi lavoro arretrato o visite a fantomatici amici di Upstate New York. A volte si spingeva fino a parlargli di incontri sessuali mai avvenuti, dei quali poi Fernando, qualche giorno dopo, gli chiedeva dettagli mentre mangiavano hot dog al parco, con lui che farfugliava storie poco credibili, e non si sapeva chi dei due fosse più imbarazzato.

Eppure, non era stato sempre così: quando era arrivato a New York, per qualche tempo gli era parso che cambiare aria potesse fargli bene. Sapeva di doversi allontanare dai suoi vizi, da quel padre che detestava e dalla madre, a cui voleva bene ma che riteneva comunque colpevole, per non aver salvato sé stessa e il figlio dai tentacoli viscosi di quell'uomo, lei e quell'arrendevolezza piccolo-borghese che lo mandava fuori di testa. Così, per quanto l'idea lo nauseasse, aveva chiesto proprio a suo padre di dargli una mano, e lui aveva smosso certe amicizie newyorkesi che coltivava ripulendo soldi fatti chissà come a Roma.

Nel giro di sei mesi era riuscito a trasferirsi, anche grazie alle sue capacità che, nonostante i pensieri ossessivi e le abitudini compulsive con le quali cercava di tenerli a bada, gli avevano permesso di laurearsi in un tempo decente in Economia e commercio e persino di conseguire un master piuttosto prestigioso.

Il primo anno era filato liscio, aver cambiato aria lo faceva sentire più tranquillo, il lavoro alla Westbeech Associated non era affatto male, la paga iniziale e qualche provvigione erano sufficienti a garantirgli una vita tutt'altro che scomoda.

Era riuscito a tenersi pulito, a stare lontano da alcol, droga e poker, che a Roma invece cominciavano a diventare ingestibili. Ma dopo qualche tempo le luci di Manhattan si erano affievolite e i demoni erano tornati a inseguirlo per le strade di quella città che, un mese dopo l'altro, gli presentava il conto.

Dapprima c'era stata solo qualche serata malinconica passata in casa a bere birra, nel tentativo di interrompere il loop che intanto aveva ricominciato a girargli in testa: posso gestirla, si diceva, già poco convinto. Ma presto i pensieri erano diventati sempre più ingombranti, e allora cercava di spegnerli con altre birre, sempre di più, ed erano arrivati anche la vodka e il whisky, e poi una sera aveva incontrato in un locale Wayne, un ragazzo giamaicano che gli aveva offerto della coca. Non ne aveva più presa da quando si era trasferito, ma quella notte aveva ceduto. Da lì in poi c'era stata un'accelerazione improvvisa, che a Lorenzo era sembrata come lo scivolo dell'aquapark in cui lo portavano da piccolo, e in un paio di mesi aveva ricominciato a vivere come a Roma.

Al primo tavolo di poker lo aveva invitato proprio Wayne, in casa di un tizio di Harlem: quella sera aveva vinto tremila dollari, erano usciti, avevano comprato la coca e ne avevano presa così tanta da doverci bere su una bottiglia di Jameson, appoggiati al cofano di una vecchia Dodge sotto casa sua. Nel giro di qualche mese era passato a tavoli sempre più grossi, con cifre che lievitavano, insieme alle quantità di droga e alcol che assumeva. Lorenzo si era trovato invischiato in un giro più grande di lui, fino a quel pugno in faccia e a quel labbro spaccato che, insieme ai duecentomila dollari di debito, lo avevano gettato in un baratro di sfiducia, convincendolo a salire sul cornicione del suo ufficio di Park Avenue.

E adesso eccolo qui, seduto sul divano in accappatoio. La prima cosa da fare, si dice mentre apre il pc, è capire quanto può portare via all'azienda: una mezza idea sulla liquidazione ce l'ha, ma meglio mandare una mail alla segretaria del suo capo, chiedendole i conteggi.

Lorenzo la scrive rapidamente, invia e richiude il portatile, lasciandosi andare contro lo schienale del divano. Gli torna in mente Zoe, e sulle labbra gli spunta un sorriso timido, viene a dirgli che la sua vita fa ancora schifo, senza dubbio, ma domani mattina, quando aprirà gli occhi, in mezzo a tutta quella merda ci sarà una piccola cosa nuova, un pensiero che forse gli farà credere che non tutto è perduto.

13.

Wayne abita a Tompkins Square, una piazzetta di Alphabet City, la parte di Manhattan che sborda fuori dalla linea dritta della costa Est, come la pancia di un bevitore di birra. Lì le Avenue hanno nomi di lettere.

"Sembra quasi che il tizio a cui avevano dato l'incarico di trovare i nomi delle strade si fosse dimenticato di questo pezzetto tra la Prima e l'East River, e così, non potendo inventarsi delle Avenue con lo zero o addirittura con i numeri negativi, ha deciso di chiamarle Avenue A, B e C. Meglio così, non credi? T'immagini che strano sarebbe stato abitare sulla Avenue -1? Dove abiti? Sulla -1. Dai, fa veramente schifo, cazzo!"

La notte in cui gli racconta quella storiella sono seduti sulle panchine di Tompkins Square Park, strafatti, tanto per cambiare. Wayne quando pippa parla senza sosta, Lorenzo all'inizio lo trova divertente ma a un certo punto comincia a sentire la sua voce come una nenia distorta, della quale non distingue le parole. Hanno giocato in un posto a Hell's Kitchen, vincendo per tutta la sera.

"Cazzo, sono 9700 dollari! Porca puttana!"

A contare i soldi Wayne è un fulmine, pure quando è pieno di coca. Lorenzo lo osserva, le dita lunghe che fanno volare le banconote e i dreadlock illuminati dal lampione dietro di loro.

"Ma sei sicuro? Riconta, va'."

Wayne riconta, la cifra è sempre la stessa. Ne hanno spesi già settecento tra coca e whisky, quindi devono averne vinti più di diecimila.

"Dai, mettili via, prima che arrivi qualcuno e ci rapini."

"Ma figurati! Sono il boss di Tompkins Square, fratello! Chi vuoi che venga a rubare i soldi a Wayne il Giamaicano?"

Il suo scoppio di voce fa abbaiare dei cani randagi che rovistano in mezzo alla spazzatura, poco più in là.

"Ti va di scavalcare il cancello e farci un giro nel parco?"

"Wayne, tu sei uno squilibrato. Non mi verrebbe in mente neppure in condizioni normali, pensa se lo faccio carico come sono e con 9700 dollari in tasca."

"Mamma mia, che cagasotto! Un fighetto italiano. Dai, andiamo."

"Non se ne parla! Piantala e dammi la mia metà, voglio andare a casa."

"Ti ho mai raccontato la storia del pazzo che girava in questo parco?"

"No. E non voglio che me la racconti nemmeno adesso."

"Allora, c'era questo tizio che si era trasferito qui dal Missouri, negli anni ottanta..."

Lorenzo sospira roteando gli occhi, fermare la logorrea dell'amico è impossibile.

"Era un tipo strano, vendeva marijuana nell'East Village, girava con un gallo al guinzaglio, sì, te lo giuro, un gallo! Un matto totale. A un certo punto ha fondato una setta, o almeno così diceva. Be', una sera ha abbordato una tipa in un bar, una di quelle che ballano a tette nude, hanno cominciato a uscire e, per fartela breve, si sono messi insieme."

"Per fartela breve? Cazzo, è due ore che parli senza fermarti!"

"Dai, non essere negativo. Adesso arriva la parte bella. Il matto e la spogliarellista una sera sono a casa che ci danno dentro, fanno roba sadomaso, ma lui esagera e la uccide...

E siccome è fuori di testa, non sapendo che fare decide di... tagliarla a pezzi e mangiarsela!"

"Cazzo, Wayne. Che schifo, dai..."

"Aspetta, non ti ho detto la cosa più bella!"

"Ecco, andiamo bene..."

"Mette a bollire la testa e le altre ossa e ci fa una zuppa, che poi offre agli homeless di Tompkins Square! E quelli se la mangiano! Pare che qualcuno abbia trovato un dito. Ed è successo proprio qui, non è incredibile?"

"Hai finito? Mi stai facendo paura."

"Pazzesco, no?"

"Ma come hanno fatto a scoprirlo?"

Wayne scoppia a ridere, i cani riprendono ad abbaiare. "Lo vedi che ti ha preso di brutto?"

"Vabbè, ormai voglio sapere come finisce!"

"Allora, il coglione comincia a raccontare in giro questa storia, qualcuno se la canta con la polizia, lo vanno a prendere e lui confessa, li porta giù a South Street, indica un punto e quelli trovano il teschio e i denti della tipa sotterrati in un parchetto."

"Non è possibile!"

"Te lo giuro, fratello, se non mi credi cerca su internet. È andata proprio così, fidati."

"E lui..." Lorenzo si sta agitando, "adesso è in galera?"

"Veramente... è uscito tipo quindici anni fa, l'hanno messo in un manicomio criminale. Ma qualche mese fa è scappato!"

I cani ormai stanno duettando con Wayne in un tripudio sguaiato di latrati e risate, Lorenzo si alza di scatto. "Mi dai i miei soldi? Davvero, Wayne, devo proprio andare."

"Oh, fratello, calmati. L'ultima parte l'ho inventata, non è vero che è scappato."

"Ok, comunque dammi i soldi."

"Senti... devo chiederti una cosa. Sono messo un po' male, sono indietro con l'affitto e se non pago la stronza della proprietaria mi butta fuori. Non è che posso tenere tutto io? Giuro che te li do presto, due o tre settimane al massimo."

Wayne ovviamente non ha mai restituito la sua parte ed è passato un anno. Lorenzo se ne ricorda all'improvviso mentre, sprofondato nel divano dopo aver mandato la mail con la richiesta di liquidazione, si domanda in quale altro modo procurarsi dei soldi. Allora decide di andare a farsi un giro ad Alphabet City, la pancia alcolica dell'East Village.

14.

"Ciao, baby. Che fai?"

La telefonata di Thomas raggiunge Zoe mentre sta camminando verso sud lungo la Broadway. Le immagini le scorrono nella mente al ritmo dei suoi passi: ci sono lei e Lorenzo, e la loro serata bizzarra nella quale, nonostante si sforzi, non trova che bellezza. La qual cosa rende tutto molto complicato, prima ancora che "tutto" sia iniziato.

"Niente di che. Passeggio."

"Dove sei? Magari mangiamo una cosa insieme."

"Sono sulla Broadway, all'angolo con Prince Street."

"Dai, allora prendi un tavolo da Balthazar, arrivo in venti minuti."

"Non mi va, Thomas."

"Dai, baby... devo parlarti di una cosa, ma non voglio farlo al telefono."

Baby. Detesta che lui la chiami così. Glielo ha detto mille volte, ma niente. Come se volesse ribadire un'intimità che tra loro è finita da tempo.

Si erano conosciuti al provino per un talent, due anni prima: lui batterista di una band indie, lei da sola con la sua chitarra, come quasi sempre. A Zoe piaceva il modo in cui la guardava, e così aveva accettato un invito a cena, per parlare dell'ennesima bocciatura che entrambi avevano dovuto incassare. Lui sembrava perfetto: a cena faceva battute divertenti e le domande giuste, tanto che era tornata a casa contenta e con un senso di aspettativa che da un po' non le capitava di provare. Erano seguiti mesi di passione e complicità, tanti dischi ascoltati insieme e perfino un progetto in comune: lui le avrebbe prodotto un demo e le avrebbe fatto da manager. Sembrava tutto bellissimo, ma poi erano spuntate le prime crepe, che lei si ostinava a non voler vedere, a non considerare chiari segnali di qualcosa di marcio sotto quella superficie impeccabile. Ritardi di ore seguiti da spiegazioni poco credibili, incongruenze, telefonate strane nel cuore della notte. *È solo un po' incasinato*, andava avanti a ripetersi, ma più passavano le settimane e meno ci credeva. Quando aveva scoperto che il superproduttore innamoratissimo di lei la tradiva con almeno altre due donne, era stato durissimo dover ammettere di essersi sbagliata ancora una volta. E così si era decisa a chiudere, limitando i contatti a questioni di lavoro, legate soprattutto a quel demo che nel frattempo avevano registrato e che lui stava proponendo in giro.

"Ma mi senti quando parlo? Ti ho detto che non mi va. Dimmi al telefono."

"Mi spieghi perché devi essere sempre così acida?"

Zoe stacca il telefono dall'orecchio, infastidita. "Vediamo... Forse perché ti sei scopato la barista del bar sotto casa mia, dove faccio colazione ogni mattina?"

"Zoe, ti prego: ne abbiamo già parlato. Avevamo litigato e tu mi avevi urlato contro delle cose orribili."

Non riesce a credere che lo abbia detto davvero. Si ferma di colpo, tanto che un ragazzo con lo skate quasi le frana addosso. Gli chiede scusa, fa un respiro profondo mentre si sistema un ricciolo che le è finito davanti agli occhi.

"Thomas, dimmi quello che mi devi dire e poi mettiamo giù."

"Mi ha risposto il tipo di Los Angeles, quello a cui avevo

mandato il demo. Ha detto che sei brava, ma non riesce a immaginare chi potrebbe ascoltare la tua musica. 'Individuare un target', ha usato quest'espressione."

Zoe fa un altro respiro profondo, lo sguardo vuoto e un vago senso di nausea proprio al centro dello stomaco. Il telefono è ancora attaccato all'orecchio, ma non parla.

"Ehi, sei ancora lì?"

"No, Thomas. Sono da un'altra parte."

"Ecco, come al solito te la prendi con me. Dai, facciamo che ci sentiamo un'altra volta."

"Facciamo che no."

15.

A Lorenzo capita soprattutto in metropolitana. Forse è lo spazio claustrofobico o la mancanza di ossigeno, fatto sta che soprattutto lì dentro sente salire l'ansia se qualcuno lo guarda: e se fosse uno a cui deve dei soldi? Il più delle volte, poi, si calma subito, il tizio distoglie lo sguardo, il treno si ferma per far scendere i passeggeri e lui si rende conto di quanto sia stato paranoico a immaginarsi cose che non esistono. Però è così che sta al mondo chi, come lui, si è imbrogliato la vita. Ha giocato a poker con un sacco di gente pericolosa e così, oltre al "big one", a quei duecentomila dollari che deve al Cinese, ci sono almeno altre tre o quattro situazioni per le quali qualcuno potrebbe appoggiargli una mano poco gentile sulla spalla. E a quel punto lui, per non saper né leggere né scrivere, comincerebbe a correre all'impazzata, prima di avere il tempo di girarsi e scoprire che era soltanto una vecchia signora intenzionata a restituirgli il portafogli che gli era scivolato di tasca. La paura, insomma, vive costantemente al fianco di Lorenzo Maltoni, cammina con lui lungo le strade di una città che ormai percepisce come il castello del terrore al luna park, col soffitto che si abbassa e le pareti che gli si chiudono intorno.

È salito alla fermata più vicina a casa – Hunter College, sulla linea 6 – e dopo nove stazioni sta per scendere a Bleecker Street, deciso a camminare per un paio di chilometri e a raggiungere casa di Wayne. Avrebbe potuto scegliere un percorso più breve e ritornare in superficie in un punto più vicino alla sua destinazione, ma ha preferito allungare – un po' perché gli andava di passeggiare e un po', anzi soprattutto, per passare sotto casa di Zoe.

Quando si ritrova davanti al portone rallenta e guarda verso la finestra, sperando di vederla dietro i vetri. Niente, la tapparella è abbassata. Sono le quattro del pomeriggio, chissà lei dov'è.

È incredibile che non si siano nemmeno scambiati i numeri di telefono, ma è andata proprio così e adesso lui sta camminando in Bleecker Street come un cane randagio, pensando a lei e al suo viso, risentendo nella testa la sua voce, rivedendo quegli occhi scuri dritti nei suoi. Ha paura di ammetterlo, ma da quando l'ha incontrata sente che qualcosa è cambiato dentro di lui, che la sua mente gli ha concesso una tregua, come se parlare con Zoe avesse disarmato i pensieri che lo tormentano. Ora c'è lei a occupare tutto lo spazio.

Rimane fermo sul marciapiede, a osservare il palazzo. Per un attimo ha la tentazione di cercarla sui social, ci ha già provato senza successo in mattinata. Non sa neppure come si chiama di cognome, e questo è un altro dettaglio che fa sembrare il loro incontro ancora più magico, come fosse sospeso nel tempo. Intanto ha imboccato Charles Street, diretto verso un capitolo del suo pomeriggio infinitamente meno romantico.

Ci mette una ventina di minuti, la casa di mattoni gialli in cui abita Wayne è all'angolo tra Avenue B e la Settima, nel punto più a sud di Tompkins Square.

Suona al citofono una prima volta, solo un colpetto. Lo intende come un avvertimento, vuole andarci piano. Nessuna risposta.

La seconda volta suona con più decisione, adesso gli risponde l'abbaiare di un cane: lo riconosce, è il labrador di Wayne, Lorenzo alza lo sguardo e lo vede alla finestra aperta.

Quando sente una voce bisbigliare "ssshhh" gli viene da ridere, perché per quanto Wayne sia un cialtrone tossico che gli deve quasi cinquemila dollari, non riesce a non trovarlo divertente.

"Wayne! Waaayneee!"

Nessuna risposta, se non un nuovo abbaiare del cane.

"Dai, Wayne. Ti ho sentito che cercavi di farlo smettere."

Altro silenzio.

Lorenzo si guarda intorno cercando qualcosa da tirare verso la finestra. Una bottiglia appoggiata al muretto di fronte è quello che fa al caso suo: la afferra e la scaglia, mandandola a frantumarsi contro la facciata scrostata del building.

"Ehi, che cazzo fai? Sei matto?" Wayne si è affacciato, è in mutande e cappellino multicolore.

Lorenzo vorrebbe guardarlo male, ma deve sforzarsi per trattenere un'altra risata. "Vieni giù. Dobbiamo parlare."

"Amico, adesso non posso..."

Lorenzo si muove verso un grosso sasso, e Wayne decide che forse è il caso di scendere. Ci mette non più di tre minuti, giusto il tempo di indossare una tuta acetata verde e degli assurdi scarponcini da montagna. Quando lo vede uscire dal portone conciato in quel modo, Lorenzo per poco non scoppia a ridere per la terza volta.

"Ciao, Italia! Come butta?"

Il sorriso largo e le braccia aperte non sono una strategia vincente.

"Wayne, non sono qui per fare conversazione," taglia corto Lorenzo. "Lo sai perché sono venuto: li hai o no?"

"Cazzo, non puoi farmi una domanda così a bruciapelo, amico. Non è che uno i soldi li stam..."

"Sì o no?"

Adesso Lorenzo è a braccia conserte di fronte a lui, in una posizione da duro che renderebbe suo padre orgogliosissimo.

"No, Lorenzo: non li ho. Sono messo male, amico. Della

gente del Queens mi cerca da giorni, devo dare dei soldi anche a loro. Non so che dirti, cazzo. Mi dispiace. Appena mi sistemo te li do con gli interessi, te lo giuro."

Wayne piagnucola, il cane su a casa ricomincia ad abbaiare.

"Sono messo male anch'io. Sono stato licenziato."

"Licenziato? Ma cazzo! E come mai?"

"Wayne, niente domande, dammi risposte. Io non me ne vado da qui a mani vuote, è passato un anno."

È in quel momento che Lorenzo vede luccicare qualcosa nello sguardo dell'amico.

"Seguimi, forse ho un'idea."

Si incamminano verso l'ingresso del parco, lo superano, percorrono circa duecento metri e poi svoltano in una strada cieca.

"Che siamo venuti a fare qui?" Lorenzo lo ha chiesto con un tono tutt'altro che gioviale.

"Voglio farti vedere una cosa. Pochi passi e ci siamo."

Wayne si ferma in fondo alla strada, si gira con aria fiera e indica a Lorenzo *quella cosa*. È parcheggiato tra una Toyota Corolla blu e un taxi impolverato.

"Lo vedi quant'è bello?"

Lorenzo spera di aver capito male.

"Portatelo via. Vale almeno settemila dollari. Poi ne dovresti tu a me duemila di differenza, ma te li abbuono. Sei un amico, e io sono un ragazzo brillante."

Lo Chevrolet Chevy Van sembra un bisonte di metallo addormentato. Un tempo dev'essere stato marrone, ma adesso è soltanto cotto dal sole e da Dio solo sa quante migliaia di chilometri. Nei venti secondi successivi Lorenzo guarda il furgone, poi guarda Wayne che lo fissa a sua volta. Alla fine di quella sequenza che sembra uscita da un film di Sergio Leone, aggrotta le sopracciglia e chiede: "E io che cazzo ci dovrei fare con un furgone?".

16.

“...dai conteggi effettuati risulta dunque un importo totale, a titolo di liquidazione delle Sue spettanze di fine rapporto, pari a 47.345 dollari, che troverà nella Sua ultima busta paga, col dettaglio delle singole voci che lo compongono.”

Lorenzo ha letto la mail appena rientrato a casa. La prima parte l’ha saltata, è andato direttamente al punto: la somma che gli propongono. Non è molto lontana da quella che aveva in mente, e non ha nessuna intenzione di rispondere rilanciando, magari con la minaccia di un’azione legale. In condizioni normali forse lo farebbe, ma cosa c’è nella sua vita di assimilabile al concetto di “condizioni normali”? È forse normale perdere duecentomila dollari a poker in un buco pulcioso dell’East Village? Sono cose che si vedono solo nei film.

No, non lo farà, quei soldi gli servono subito. Dunque, facendo un rapido calcolo, ne mancano *soltanto* poco meno di 153.000. Dove li troverà? E quanto tempo passerà prima che il Cinese cominci a cercarlo seriamente? Non sopporta più la voce nella sua testa che glielo domanda ogni giorno, ossessivamente. Ecco perché aveva deciso di farla finita. Ma alla fine non si è buttato, e adesso quelle domande sono tornate, sono di nuovo lì, uguali a prima, se non fosse per quei quarantasettemila dollari in più che non sono certo la soluzione, ma che forse possono fargli guadagnare un po’ di tempo.

Potrebbe mettersi a spacciare, Wayne glielo ha proposto mille volte: "Tu sei bravo nel business, fratello: dobbiamo solo applicare le cose che sai a un altro settore. Fai fare un sacco di soldi a quei cazzo di milionari, no? Sono sicuro che la metà di loro si sfonda di qualsiasi cosa. E allora tu da una parte gli fai fare il grano e dall'altra glielo fai spendere in prodotto di altissima qualità: non fa una piega, sei d'accordo?".

Quante cazzate dice quel cialtrone, pensa Lorenzo, la faccia illuminata dalla luce del frigo di casa sua, nel quale sta cercando qualcosa da mettere sotto i denti. Sono passate quasi ventiquattr'ore da quell'omelette al Downtown Blues, vomitata poco dopo.

Afferra un barattolo di cetriolini e un tubetto di maionese, li appoggia sul tavolo, apre la dispensa e ne tira fuori una confezione di pane a fette. Ne ricava qualcosa che si può definire sandwich soltanto se si ha una certa immaginazione, lo morde con svogliatezza guardando, di sotto, il bestione che Wayne gli ha dato a parziale copertura del debito.

Nonostante gli insulti che gli ha urlato contro, non può negare che portarsi via quel vecchio van gli ha procurato una certa soddisfazione. Guidarlo fino a Midtown, i finestrini abbassati e la radio a palla sintonizzata su una stazione che trasmetteva vecchi successi pop, è stato un imprevisto momento di leggerezza. Guardare la città scorrere attraverso i finestrini, vedere il paesaggio urbano cambiare, dalle case basse di Alphabet City all'East River disteso placidamente nella luce riposante del crepuscolo, dal profilo squadrato del palazzo delle Nazioni Unite alla Grand Central, maestosa e brulicante di vita, dalle luci civettuole di Times Square fino ai grattacieli giganteschi del centro. Era da un po' che New York non si mostrava così attraente ai suoi occhi, senza che lui la percepisse nemica, ostile, senza che ogni angolo gli ricordasse una scelta sbagliata, una serata vissuta seguendo il solito copione – giocare e poi finire a bere e a drogarsi. Stasera è stato diverso, è stato come tornare a tre anni prima, a quando, appena arrivato, quella città gli era sembrata per qualche tempo un posto dove ricominciare, lontano dallo schifo da cui era fuggito, da quella Roma opprimente che aveva la voce di suo padre e l'odore di fumo delle discoteche in cui si stordiva per smettere di sentirla, dei cessi maleodoranti in cui pippava con gente appena conosciuta.

Non è stato difficile, durante quel piccolo tour delle meraviglie, ripensare a lei. A un certo punto si è scoperto a desiderare fortemente di averla accanto sul vecchio Chevrolet, di vedere il suo profilo incorniciato dal finestrino. Chissà dove sarà, si chiede adesso addentando l'ultimo boccone di quella cosa informe e dal sapore indefinito che dovrebbe essere la sua cena. Chissà se anche lei sta pensando a lui, mentre si prepara per tornare al locale, accorda la chitarra o si condisce un'insalata.

Ha riflettuto per tutto il giorno sul biglietto che gli ha scritto:

BUONGIORNO LORENZO,
SPERO TU STIA MEGLIO.
LASCIA LE CHIAVI SOTTO LO ZERBINO QUANDO VAI VIA.
BUONA FORTUNA.

Lo ha riletto decine di volte, sperando di trovarci qualche messaggio in codice, un significato nascosto che sottintendesse altro. E in effetti ha la sensazione che qualcosa ci sia, che proprio la scelta di quel tono asettico tradisca un implicito invito a non sparire.

Esiste un solo modo per scoprirlo, si dice uscendo dall'ascensore e camminando a passo spedito verso quello che ormai percepisce come il *suo* furgone. Tra poco la rivedrà, pensa mentre mette in moto diretto a Bleecker Street. Un sorriso indecente riflesso nel retrovisore attira la sua attenzione – ci mette almeno tre secondi a rendersi conto che è il suo.

17.

"The moving bedroom." È così che Wayne gli ha presentato il furgone, accompagnando il nome con gesti che Lorenzo ha trovato disgustosi, benché – come sempre – irresistibilmente comici. Gesti che simulavano prodezze compiute dentro quell'affare, come con "quella signora bianca di Madison Avenue che andavo a trovare ogni mercoledì pomeriggio, e siccome suo marito, un tipo di Milwaukee che aveva fatto un pacco di soldi vendendo arredi per ufficio, era gelosissimo, prendevamo l'autostrada e andavamo in un posto isolato a Jersey City, io parcheggiavo e facevo partire la musica, e rimanevamo chiusi lì dentro tutto il pomeriggio".

Wayne mimava posizioni sessuali muovendosi come un buffo attore porno in tuta acetata, canticchiando *Ridin' my pony* e assumendo espressioni talmente ridicole che Lorenzo ha dovuto fare molta fatica per restare serio. Poi è iniziata un'accurata descrizione di quel "gioiello dell'industria automobilistica americana"; parlava come un venditore di auto usate mentre decantava le meraviglie del veicolo: le poltrone elettriche (quelle centrali si potevano ruotare completamente o rimuovere), il divano posteriore trasformabile in pochi secondi in un comodo letto... Il che, sommato alla pelle rosa degli interni, ai finestrini panoramici privacy con tendine e zanzariere, all'illuminazione a doppia modalità soft/viaggio e a un impianto stereo potentissimo, rendeva l'abitacolo "uno sballo totale, fratello, specialmente quando la signora ci si metteva sopra a quattro zampe! Pelle rosa su pelle rosa. Era come un cazzo di insettone strafigo mimetizzato, quelli che stanno sui rami e non li distingui, hai presente? *Ton sur ton*, amico mio. Riesci a immaginartela?".

Lorenzo lo guardava senza muovere un muscolo, ma doveva sforzarsi per mostrare distacco, perché i racconti di Wayne erano talmente vividi e dettagliati che era difficilissimo resistere. Si è perfino un po' eccitato immaginando la signora dell'Upper East Side che si faceva scopare dal ragazzo giamaicano di Tompkins Square dentro quel vecchio furgone Chevrolet parcheggiato in un piazzale isolato del New Jersey. Ma, guidando verso casa, l'idea di essere in quella specie di bordello appiccicoso e semovente, dove il suo amico si era dato da fare con la ricca signora dei quartieri alti, all'improvviso non era più così divertente: allora si è detto che la prima cosa da fare era portare "the moving bedroom" all'autolavaggio e farle fare un bel giro sotto gli spazzoloni, per eliminare tutti i fluidi corporei che adesso gli sembrava quasi di vedere, come un detective che ispeziona la scena del crimine con il luminol.

"Mi raccomando, strofinate bene i sedili e il divano posteriore," ha detto ai due ragazzi ai quali ha affidato la camera da letto su quattro ruote per farla "dewaynizzare".

La stessa che adesso lo sta portando dritto da lei, da Zoe, la ragazza che da ventiquattr'ore abita stabilmente nei suoi pensieri. Forse non era proprio la cosa giusta da fare, si dice tagliando la città da ovest verso est, per poi procedere in direzione Downtown. Piombare lì senza preavviso dopo quel biglietto potrebbe rafforzare in Zoe la convinzione di aver fatto proprio bene a mettere tutto in pausa, prima ancora che iniziasse.

Lo pensa mentre, fermo a un semaforo, controlla il suo aspetto nel retrovisore; piuttosto gradevole, si dice, nonostante le ultime ore siano state tutt'altro che tranquille: si ravvia i capelli, osserva rassegnato le occhiaie, indelebili, verifica il colore dei denti, accettabile nonostante lo stile di vita non esattamente salutare.

Un grosso SUV scuro sopraggiunge alla sua sinistra, Lorenzo si gira e incrocia l'espressione vagamente ostile di un cinese sui trent'anni, che prima guarda lui e poi il furgone: un brivido di paura lo fa sobbalzare, come ogni volta che qualcuno si ferma a osservarlo per più di cinque secondi, a maggior ragione se ha i tratti asiatici... Chi gli dice che non sia uno scagnozzo del tipo a cui deve i soldi? Ma il sorriso che compare sul suo volto e il pollicione che alza in segno di apprezzamento nei confronti dello Chevy del 1992 restituiscono a Lorenzo un po' di tranquillità.

In effetti non è proprio usuale girare di sera per Manhattan con un veicolo del genere, non passa inosservato: eppure a lui sembra già del tutto naturale, come se fosse scritto che quel ferro vecchio capitasse nella sua vita.

Quando arriva davanti al Downtown Blues e vede una piccola folla accalcata all'ingresso, sorride al pensiero che tra pochissimo rivedrà Zoe. Il difficile a questo punto è trovare un parcheggio: su Bleecker di sabato sera non è nemmeno da ipotizzare, e così Lorenzo gira in Sullivan Street; dopo un po' vede accendersi all'improvviso i fari di una macchina bianca che lascia libero un posto di fronte alla vetrina di un centro massaggi, allora mette la freccia e si affianca, cercando di capire se è sufficiente a farci entrare il furgone: sembra di sì, e infatti con qualche manovra ce la fa.

Cammina spedito verso l'ingresso, saluta il buttadentro, gli porge l'avambraccio per farselo timbrare con la scritta BLUES e finalmente eccolo nella grande sala con le luci basse. Avanza tra tavolini affollati di gente che chiacchiera bevendo, la cameriera gli sorride e gliene indica uno: i ragazzi che lo occupano stanno per andarsene, non appena lo avrà sparecchiato e pulito potrà sedersi lì.

Allora Lorenzo torna indietro verso il fondo del locale, si appoggia a una colonna in un angolo poco illuminato e guarda verso il palco. In quel momento il cuore comincia a pompare sangue al doppio della velocità, perché i suoi occhi si posano su Zoe, sulla *sua* Zoe, e nonostante si renda conto di quanto sia ridicolo definirla così, non può fare a meno di ripetterselo mentalmente una, cinque, dieci volte, mentre lei accorda la chitarra e attacca un pezzo, e a lui sembra che tutto il mondo intorno scompaia, e che null'altro a parte lei da adesso in poi potrà interessargli.

18.

È alla fine di *What a difference a day makes* che lei lo vede. La sua espressione è un misto di sorpresa e imbarazzo, ma c'è un timido raggio di luce nello sguardo che si fa strada attraverso il palco, passa sulle teste degli spettatori e sugli orli dei loro bicchieri, tra le molecole d'aria mosse dalle mani che applaudono, per venire a dire a Lorenzo che è contenta di rivederlo.

Sta per ordinare un gin tonic, ma poi cambia idea, ripiega su una Coca con ghiaccio e limone. Meglio evitare di vomitare di nuovo, se possibile. Sorseggia lentamente, guardando Zoe muoversi a suo agio sul palco, ascolta quella voce che gli è già familiare, e all'improvviso si sente come travolto, in balìa degli eventi imprevisti che hanno scandito gli ultimi due giorni.

C'è qualcosa di strano in quello che gli sta capitando, un sentimento nuovo, una vibrazione sconosciuta: mai prima d'ora aveva sentito la verità e la bellezza bussare così forte alla sua porta. Ma aprire, Lorenzo lo sa bene, è un gesto facile soltanto a dirsi. Non sta mai da solo dentro quella casa, dentro quella vita. Ha dei compagni che non lo abbandonano mai, coinquilini molesti che sfratterebbe volentieri, se solo potesse.

Adesso gli sembra di volerlo più del solito, ma non si illude: la strada è lunga e tortuosa.

Ha avuto qualche storia da quando si è trasferito a New York, l'ultima con Katherine, una ragazza inglese conosciuta a un appuntamento di lavoro. Anche con lei il copione è stato lo stesso: non appena aveva cominciato a notare in lui comportamenti strani, sparizioni non motivate, ritardi di ore, aveva chiesto spiegazioni e lui, piuttosto che affrontare l'idea di fornirgliele, di parlarle di sé e dei suoi problemi, aveva deciso, semplicemente, di sparire.

Ma ora, mentre guarda Zoe illuminata dalle luci del palco, sente di aver voglia di cambiare registro. Qualunque cosa accada, proverà a raccontarle di sé e della sua vita, perché il poco che è successo tra di loro è diverso da tutto quello che ha vissuto prima. E anche se è una piccola cosa, anche se dovesse scoprire che è stata solo la compassione a muoverla verso uno sconosciuto in difficoltà, prova già per lei un senso di empatia e gratitudine così intenso da fargli sembrare impossibile l'idea di mentire, omettere, rimanere in superficie. Stavolta no. Stavolta sarà diverso.

"Be', stavolta almeno le scarpe le hai..."

Il concerto è finito, lui l'ha raggiunta sotto il palco.

"Per il momento sì. Vediamo come va la serata."

"Vieni spesso in questo locale?" gli fa lei con un sorriso un po' beffardo.

"Me ne hanno parlato, mi hanno detto che ci suona una brava, e così mi è venuta voglia di fare un salto."

"Avevano ragione?"

"Ma sì, dai."

Sorrisi reciproci, un timido abbraccio.

"Concerto strano, stasera. Mi sentivo osservata, più che ascoltata. A volte mi piacerebbe potermi guardare con gli occhi del pubblico. Vedere quello che vedono loro."

"Se vuoi ti presto i miei. Praticamente ti ho vista quasi solo sul palco."

"E come sono?"

"Conosci bene il tuo pubblico. Come nella frase di... come si chiama?"

"Bessie Smith."

"Esatto. La signora sul frigo."

"Ho fame. Tu hai cenato?"

Lorenzo sta per rispondere sì, ma poi ripensa a quello scherzo della natura che ha trangugiato prima di uscire e allora la frase gli si ferma sulle labbra. "No."

"Ok, usciamo," gli dice.

"Ho parcheggiato qui vicino."

"Hai la macchina?"

"Non è proprio... una macchina."

"Cioè?"

"È una lunga storia. Forse il taxi è una buona idea."

"In realtà, il posto è abbastanza vicino: ti va di fare due passi?"

Si incamminano verso nord-ovest, in direzione West Fourth Street.

Il Corner Bistrot non fa niente per farsi amare, a parte servire hamburger perfetti. Non è trendy, non è mai stato ristrutturato negli ultimi vent'anni, non è possibile prenotare e si paga solo in contanti. I camerieri messicani si muovono come formiche operaie, senza rivolgersi ai clienti in coda se non per lo stretto indispensabile.

Lorenzo e Zoe sono arrivati, hanno chiesto e ora sono a metà della fila, dopo aver lasciato il nome.

"Zoe per due?" chiede uno dei camerieri.

"Eccoci," risponde lei.

Finalmente seduti a un tavolino di legno piuttosto vissuto, ordinano due birre e due doppi cheeseburger.

"Due sere di seguito al Downtown Blues. Penserai che sono uno stalker."

"Sai che quando ti ho visto non ero sicura fossi tu? Non so, mi sembravi più alto."

"Forse perché ieri sera ero messo così male da non riuscire nemmeno a stare dritto," fa lui lasciando cadere le spalle.

"Un po' me l'aspettavo che tornassi."

"Ti fa piacere?"

"Diciamo che lo trovo abbastanza naturale. È strano, ma avverto una certa familiarità."

"Magari ti ricordo qualcuno..."

"No, non è quello. Non so come spiegarti: non ti conosco, non so niente di te, eppure mi fido... come se ci conoscessimo da sempre."

"Magari ci siamo incontrati in una vita precedente. E anche in quella ho vomitato."

In quel preciso istante arriva il cameriere con i loro panini, impossibile non sorridere per il tempismo. Ci si tuffano entrambi con voracità, sul tavolo cala un silenzio improvviso, interrotto solo da qualche commento sulla bontà dei cheeseburger. Il posto è ancora strapieno, nonostante sia tardi: probabilmente, molti sono arrivati per smaltire i postumi di una serata alcolica. Zoe adesso sembra patire la confusione.

"Ti va se usciamo?" gli chiede. "Qui dentro si soffoca. Ho voglia di stare all'aria aperta. A volte, quando finisco di suonare vado in un posto, e me ne sto lì da sola per un po' a godermi il silenzio. Se vuoi ti ci porto."

"Ma se accetto non sarai da sola..."

"Me ne farò una ragione. Tanto, mi pare di capire che sarà difficile sbarazzarmi di te."

Prendono un taxi, si fanno lasciare all'imbocco del ponte di Brooklyn. Lo attraversano a piedi, una cosa che Lorenzo non faceva da almeno due anni. Si sente di colpo scaraventato in un film di Woody Allen. Guarda Zoe camminare leggera, il suo profilo muoversi sullo sfondo dello skyline illuminato di Manhattan, e gli sembra surreale trovarsi lì con lei, l'ennesimo capitolo delle ultime ventiquattr'ore che nessun oroscopo avrebbe mai potuto prevedere. Vorrebbe dirglielo, dirle quanto sia magico quello che sta accadendo, ma si censura, perché teme di essere già stato invadente a ripresentarsi al locale senza preavviso, e così rimane in silenzio, nemmeno Zoe parla, meglio godersi la passeggiata abbandonati al destino che ha deciso di prenderli e metterli insieme su quei tre chilometri di cemento sospesi nel vuoto, tra le luci di quella città che stasera sembra più languida che mai.

Scendono dal ponte e sono a Brooklyn, ancora dieci minuti di cammino e raggiungono Pebble Beach, una spiaggetta di sassi scuri sul fiume. Zoe si dirige con decisione verso una panchina, Lorenzo capisce che dev'essere la *sua* panchina.

"Speravo tanto fosse libera. Vieni."

Si siedono, lo spettacolo dei grattacieli da lì è ancora più irreale. Non c'è molta gente, un gruppetto di ragazzi poco più in là fa girare una canna, in lontananza una coppia sdraiata su un telo si riempie gli occhi di quella vista spettacolare.

"Ci eri mai stato?" chiede Zoe. "Io ci vengo spesso. Guardo le luci in lontananza e mi sento piccola."

Restano in silenzio ancora un po', un cane randagio si avvicina, lecca le caviglie di Zoe. Lei sorride mentre gli fa una carezza.

"Dicevo sul serio, ieri." Lorenzo lo ha detto a bassa voce, fissandosi le scarpe.

"Cosa?"

"Mi hai salvato la vita."

Zoe si gira a guardarlo.

"Non c'era stata nessuna rissa, ti ho mentito. Io... stavo per buttarmi di sotto."

Lei continua a guardarlo in silenzio, cercando di non mostrare il turbamento che quella rivelazione le ha provocato.

"Cinque minuti prima di venire da te ero sul cornicione, pronto a saltare giù. Almeno, così mi sembrava... in verità non so se ne avrei avuto il coraggio. Però, in quel momento avevo deciso. Poi ti ho vista, ho sentito la tua voce e... e sono sceso."

Restano lì, senza dire una parola, soffia una brezza leggerissima. Zoe gli si avvicina, le loro gambe adesso si toccano, la sua mano sfiora quella di Lorenzo.

19.

Girava proprio bene quella sera. Le mani entravano lisce come velluto, una sequenza di vincite praticamente ininterrotta. La sala seminterrata al numero 17 di Broome Street era malamente illuminata, nuvole di fumo confondevano i connotati dei giocatori, peggiorando la percezione già non troppo nitida che ne avevano Lorenzo e Wayne: erano arrivati al tavolo belli carichi, come sempre.

L'equilibrio era fondamentale prima di serate come quella, né troppo alcol né troppa coca, un mix calibratissimo capace di darti l'audacia per giocare all'attacco e la lucidità per mantenere il controllo. Non erano rimaste molte bische clandestine a Manhattan, ma quella resisteva, baluardo sordido di un'epoca ormai finita. Si poteva perfino fumare, lì dentro.

C'erano altri tre giocatori oltre a loro, quando Lorenzo si era seduto e li aveva passati in rassegna aveva avuto la tentazione di alzarsi: un bianco sui trentacinque, collo taurino e pitbull accucciato ai piedi; una signora messicana, piuttosto famosa nel giro del Texas Hold'em clandestino per aver spezzato un braccio a un ragazzino che aveva tentato di rapinarla dopo una partita, e infine lui, la personalità più influente del mondo pokeristico sotterraneo di Downtown Manhattan: Xiao Hu, detto il Duca Giallo. Si presentava ai tavoli vestito come un dandy, accompagnato da un "collaboratore", una specie di armadio che se ne stava tutto il tempo su un microsgabello portato da casa, con la bandiera a stelle e strisce stampata sulla seduta.

Era questa la fauna che popolava quei ventiquattro metri quadri maleodoranti, un gruppo verso il quale era difficile provare anche solo un briciolo di empatia; Lorenzo e Wayne di tanto in tanto si lanciavano occhiate discrete, facendo attenzione a non mostrarsi troppo complici. Dopo circa un'ora avevano già vinto settemila dollari in due, le puntate si mantenevano ancora su un livello accettabile.

Poi, quell'iniziativa: Wayne conosce troppo bene Lorenzo per non sentire subito l'odore della disfatta, e così quando lo vede rilanciare non ha dubbi. La faccia da bluff dell'amico saprebbe disegnarla, il labbro che s'increspa leggermente a sinistra, quell'impercettibile tremolio che gli altri non notano e che lui, invece, vede benissimo. Ma il Duca Giallo non è "gli altri". Fa la radiografia alle carte sul tavolo per un interminabile minuto, poi guarda Wayne, che ha mollato il colpo come gli altri due e cerca invano di mostrarsi tranquillo, infine pianta gli occhi in quelli di Lorenzo.

Lui prova a sostenere lo sguardo, ma poi sente arrivare quel tremolio, più forte del solito, ed è come se la faccia del Cinese fosse uno specchio, perché ci vede riflessa la sua, non tutta a dire il vero, soltanto il dettaglio della sua bocca, e di quel pezzetto di carne tremula che adesso pare trasmettere la sua vibrazione al tavolo, alla stanza, al quartiere intero. In quel preciso istante capisce di aver perso tutto. Non solo i soldi, tanti, di quella mano, non solo quelli che continuerà a perdere per il resto della serata fino ad arrivare a quel debito gigantesco che lo porterà sul cornicione del suo ufficio. La speranza, ecco cosa ha perso. La speranza di tirarsi fuori dalla melma in cui è sprofondato, di lasciarsi alle spalle suo padre, Roma, le carte, la coca, la folla di demoni che si è rubata i suoi giorni e ne ha fatto sbarre, e ci ha costruito la prigione nella quale è rinchiuso da troppo tempo.

Scopre le carte, subito seguito dal Duca Giallo, e in un secondo cambia tutto. La cosa più sorprendente è rendersi conto di non avere paura: invece dell'angoscia lo invade una strana calma, come dopo l'anestesia generale, quando si era operato per una frattura alla gamba e per un'intera settimana aveva galleggiato sereno in una bolla farmacologica, riuscendo perfino a tollerare le visite di suo padre.

Rimane calmo anche quando il Duca e il suo gigante gli *parlano* alla fine della partita, fuori dalla sala, sotto la luna piena di Broome Street, senza minacciarlo – non è ancora il momento –, perché "We have all the time in the world", così gli dice il Cinese con una voce metallica e sinistra che esce dal laringofono appoggiato al collo avvizzito, e che proprio per quella beffarda ragione finisce per risultare piuttosto somigliante alla voce di Louis Armstrong.

No, non ha paura Lorenzo. Anzi. Sente che forse è finito il tempo di combattere, e che è iniziato un altro capitolo, l'ultimo.

Ma tutto questo accadeva prima, diciassette giorni prima di *First time I met the blues.*

20.

Un taxi li ha riportati in Bleecker Street. Sono le tre, c'è ancora un po' di gente in giro, voci alticce violano il silenzio della notte newyorkese. Lorenzo è andato avanti per un pezzo a raccontare, seduto accanto a Zoe sulla panchina di Pebble Beach. La loro panchina, ha pensato lui sorridendo mentre il taxi riattraversava il ponte di Brooklyn in direzione di Manhattan.

Le ha detto della sua tendenza a fissarsi sulle cose, a rimuginare per ore pensieri assurdi. Della diagnosi di una lieve forma di disturbo ossessivo-compulsivo formulata da uno degli psicologi da cui lo aveva portato sua madre. E del suo vizio del poker, una delle poche attività che riescono a interrompere il loop nella sua testa. Non ha omesso nemmeno il debito col Cinese, quei duecentomila dollari che in questo momento rappresentano la sua principale preoccupazione. L'unico modo per procurarseli sarebbe rapinare una banca, le ha detto con un sorriso amaro.

Poi ha ascoltato Zoe svelarsi, parlare di sé, della sua vita sospesa, dei suoi progetti musicali sempre in stallo, anche di Thomas. Si sono raccontati tutta una vita, e adesso sono davanti all'ingresso del Downtown Blues, uniti da una complicità nuova che ha fatto spiccare un salto quantico al loro rapporto appena nato.

"Vuoi vedere una cosa?"

Zoe lo guarda sospettosa. "Devo preoccuparmi?"

"È proprio qui dietro. Ti va?"

Girano intorno al palazzo, imboccano Sullivan Street. Arrivano davanti al furgone e Lorenzo glielo indica con una certa fierezza. "Sono venuto con lui."

Zoe lo squadra. "Ecco *cosa* avevi parcheggiato. Ma tu... ti sposti con questo, a Manhattan?"

"No, figurati. Me lo hanno appena regalato. Cioè. In realtà non è proprio un regalo. Il mio amico Wayne, quello del quale ti ho parlato, me lo ha dato per sdebitarsi."

"Ma è vecchissimo."

"È del 1992. Però è in ottimo stato, specialmente dentro. Hai voglia di vederlo?"

"Non mi era mai successo di essere invitata a visitare un furgone. Alle tre di notte, tra l'altro."

"Fidati, sarà un'esperienza talmente trash che mi ringrazierai."

Lorenzo apre lo sportello centrale e invita Zoe a entrare, poi sale a sua volta e richiude.

"Uhm, c'è un buon profumo."

"L'hanno spruzzato i ragazzi dell'autolavaggio."

"In genere sono terribili, ma questo mi piace." Zoe fa luce col telefono. "Oddio, ma i sedili sono rosa! Avevi ragione, è veramente trash. Sembra il furgone di una star del country degli anni novanta."

"Magari lo era, che ne sai?"

"Il tuo amico ti ha raccontato come se lo è procurato?"

"No, e onestamente è stato meglio così. Mi è bastato sentire cosa ha combinato qui dentro, fidati."

"Ecco, avrei vissuto benissimo anche senza questa informazione..."

"Tranquilla, come ti ho detto l'ho fatto lavare. Mi sono raccomandato di strofinare bene i sedili. A proposito, diventa un lettone in poche mosse."

Zoe lo guarda con espressione circospetta e Lorenzo si affretta a precisare: “No, ti giuro: non stavo pensando a quello a cui stai pensando tu”.

“E a cosa starei pensando io?”

“Ma che ne so, hai fatto una faccia... Comunque, davvero, sono solo entusiasta di questo bolide. Non so perché, ma mi mette di buonumore.”

“Sono contenta di sentirtelo dire. E mi ha fatto piacere che tu abbia avuto voglia di confidarti con me. Lo considero un privilegio.”

“Forse non avrei dovuto. Ti ho vomitato addosso i miei problemi alla seconda volta che ci vediamo.”

“Hai una certa familiarità, tu, col vomito...”

Sorridono. Proprio come sul palco, Zoe sa trovare le parole giuste per muoversi rapidamente da un registro all’altro. Ogni suo discorso, anche nella vita, sembra strutturato come una canzone, con tutte le parti al posto giusto.

Lo guarda, rimangono in silenzio. Poi lei fa quella cosa, il gesto che cambia tutto. Non è una decisione, è come se le mani andassero per conto loro. Gli sfiora delicatamente la guancia con una carezza.

Lorenzo sente il cuore accelerare ma rimane immobile, lo sguardo basso, leggermente inquieto. Lei gli appoggia due dita sul mento, gli rialza il viso. Poi gli si avvicina, e l’attrito fra i pantaloni e la pelle del sedile produce un rumore buffo. A entrambi scappa da ridere. Ma lei torna subito seria e appoggia le labbra su quelle di Lorenzo, muovendole con lentezza, come se lui fosse fatto di vetro e lei avesse paura di romperlo.

Lorenzo ci mette un po’ a realizzare cosa sta accadendo, poi inizia timidamente a ricambiare, la sua bocca si risveglia piano piano dal torpore. Ma lei gli ha già messo una mano sulla nuca e lo tira verso di sé, ed è a quel punto, in quel preciso istante, che Zoe Harris e Lorenzo Maltoni, sui sedili di pelle rosa di uno Chevrolet Chevy Van del 1992 parcheggiato in Sullivan Street, diventano qualcos’altro.

21.

È il secondo giorno di seguito che si sveglia a casa di Zoe. Stavolta però nel suo letto. Stamattina è lui a sentire il rumore del vetro, lo fa sobbalzare nella penombra. È disteso supino, completamente nudo. La prima cosa che vede è la mano di lei appoggiata sul suo petto, le dita affusolate con due anelli, poi risale con lo sguardo lungo il dorso dalle vene sottili, il polso e il braccio fino alla spalla, seguendo ombre fascinose, come pennellate di un pittore esperto. Infine tutto il corpo, abbandonato a pancia sotto, la schiena nuda e il lenzuolo a coprire i fianchi. Dorme serena, il profilo del viso incorniciato dai riccioli sparpagliati sul cuscino.

Al primo bacio ne sono seguiti altri, così tanti che Lorenzo fa fatica a ricordarseli tutti, ora teneri, ora appassionati, un'alternanza infinita, le labbra che prendevano iniziativa, che si davano il turno, danzavano, si sfidavano, intraprendenti, instancabili, avide di scoperte, scandalose, facevano tutto loro, senza chiedere il permesso. Intorno, l'abitacolo angusto a celarli agli occhi della notte, un tetto di metallo a proteggerli dai peccati di New York, a separarli dalle stelle, mentre la loro pelle si fondeva, diventava una cosa sola, come una coperta viva su tutte le ansie e le paure, come balsamo benedetto a lenire le ferite. Le voci sussurrate, loro due come adolescenti, l'eccitazione scomposta della prima volta, il fruscio dei vestiti sfilati a fatica, una mano che sbatteva contro lo sportello, un piede incastrato da qualche parte, lui che cercava di sbloccare gli schienali, di trasformare quel percorso a ostacoli in qualcosa di più degno di accogliere l'esplosione di tanta bellezza, lei che sorrideva, come a dirgli che allora sì che anche prima stava pensando a *quello*, e poi finalmente la loro nudità, congiunta, perfetta, come se non fosse possibile fare altro, come se ogni parola, passo, scelta precedente li avesse condotti lì, solo lì, inevitabilmente lì.

Sorride, Lorenzo, e poi sorride ancora, e ancora, quando si rende conto che sta sorridendo. I ricordi della notte appena passata prendono velocemente forma; gli sembra strana questa ricomposizione fedele e istantanea, si chiede il perché e la risposta arriva rapida: è successo tutto senza alterazioni, senza avere in circolo elementi che potessero favorire il fluire delle cose. E questa per lui è decisamente una notizia, non ricorda nemmeno quand'è stata l'ultima volta che ha vissuto una serata come quella senza essere fatto, ubriaco o entrambe le cose. Stavolta no, stavolta era lui, senza niente ad amplificare le sensazioni, che tanto non ce n'era bisogno, perché dentro quel furgone c'era già tutto quello che serviva. C'era lei, soprattutto, che adesso gli dorme accanto, nel silenzio di quella stanza appena appena più spaziosa dell'abitacolo dello Chevy.

Sono rimasti lì dentro fino all'alba, l'hanno vista arrivare dai finestrini, erano abbracciati, sfiniti da quell'amore improvviso. Poi hanno deciso di rivestirsi e di andare su da lei, e ogni rumore – la chiusura degli sportelli, il tintinnio metallico delle chiavi, i loro passi verso il portone – pareva un'interferenza nel silenzio del giorno che cominciava. Poi scale, porta, un bicchiere d'acqua, "ce l'hai uno spazzolino in più?", "preferisci blu o rosso?", il progetto denti che di colpo svaniva, spazzato via da un altro bacio contro la parete del bagno, e poi mano nella mano senza staccare le labbra, di là in camera, rifare l'amore, rendersi conto che, per quanto bello, quel primo tempo nel van era stato un po' sacrificato, e allora recuperare, sperimentare, abbandonarsi con ancora più trasporto, sentire il contatto senza preoccuparsi di sbattere la testa o il ginocchio, ricadere di nuovo sfiniti, ma questa volta su un materasso comodo, tra le lenzuola profumate di Zoe, la testa sul cuscino di memory foam, quello che protegge da tutti i mali. Infine, addormentarsi di botto, all'unisono, come fossero una cosa sola, un solo essere vivente. Come musica e parole della stessa canzone.

Quello che vorrebbe adesso è rimanere lì per sempre, prolungare quel momento per l'eternità, renderlo il resto della sua vita. Lui steso su quel letto, lei accanto che riposa. Cristallizzare quell'immagine, così da non doversi più preoccupare di tutto il resto. Niente pensieri ossessivi. Niente debito col Cinese, niente lavoro da cercare, niente Roma, niente New York. Niente droga, niente alcol, niente poker. Niente padre, niente madre. Niente di niente. Essere come morto per il resto del mondo, vivo solo per sé e per lei, esistere in una specie di dimensione parallela, come John e Yoko, abitare quel letto come fosse un paese, un pianeta dove ci sono soltanto loro, dove tutti gli altri sono scomparsi, evaporati, finiti da qualche altra parte.

Ma non accadrà, lo sa bene. Tornerà tutto lo schifo a chiedere spiegazioni, tornerà il loop, torneranno l'ansia, la paura, la mano dalle dita adunche che afferra lo stomaco e graffia la faccia. Tornerà la sensazione di essere sempre fuori luogo, fuori contesto. Fuori. Sentirà di nuovo quella voce parlargli nella testa, il sabotatore interno. Un paio di volte, ultimamente, gli era persino successo di non riconoscerla più come la sua, sembrava quella di un altro, un ospite molesto, aggressivo, spietato, e aveva avuto paura. Per un po' aveva cercato di zittirla con i soliti metodi, in dosi sempre più massicce. Sedersi a un tavolo e giocare, pippare, bere. Cose che gli concedevano qualche ora di tregua, ore durante le quali non era certo felice, ma almeno sentiva altre voci sovrastare quella, urlare più forte, coprire quel continuo rimuginio censorio che gli dava la sensazione di essere sull'orlo di un abisso.

C'era un momento che aveva imparato a riconoscere, un vuoto improvviso, una specie di interregno durante il quale tutto taceva, e lui percepiva un senso di pace. Succedeva subito prima dell'inizio della discesa, quando la tensione cominciava a calare. Ma durava sempre meno, perché di colpo tornava quell'altro, e riprendeva a parlare. Qualche volta gli era sembrato perfino di visualizzarlo, una figura sottile e sfocata che gli si avvicinava e gli tamburellava le dita sulla tempia. Non saprebbe dire se lo aveva sognato o gli era successo da sveglio, quando era fatto o ubriaco, sa solo che gli era sembrato un incubo, l'orrore, la fine di tutto. Ecco perché era salito su quel cornicione, voleva evitare di rivedere quell'immagine, fotterla, cancellarla. Desiderava con tutto sé stesso prolungare quell'intervallo di pace il più a lungo possibile. Magari per sempre.

22.

Profumo è una pasticceria italiana sulla Seconda Avenue, all'altezza della Trentaquattresima Strada. Lorenzo ci andava spesso, quando passava a trovare un amico italiano che abitava lì vicino. Un pusher, a dire la verità, ma con lui era nata un'amicizia al di là del "rapporto commerciale". Carmelo aveva iniziato a dargli la coca gratis, in cambio di qualche consulenza finanziaria: su suggerimento di Lorenzo era entrato in società con dei ragazzi pakistani di un deli a Murray Hill, loro non facevano gli schizzinosi sulla provenienza dei soldi e lui aveva una bella somma da investire.

Profumo era il posto in cui facevano le "riunioni", lì Carmelo gli aveva fatto assaggiare dolci italiani buoni come nemmeno a Roma o nella sua Palermo. New York è così: chi ci arriva sa di dover fare le cose meglio che può, meglio di come le farebbe a casa sua, perché la concorrenza è spietata – se decidi di aprire un'attività ci metti cinque minuti a scoprire che qualcun altro ci aveva già pensato, e allora devi per forza essere più bravo di lui.

Quando Lorenzo esce di casa, Zoe dorme profondamente, e così accosta la porta pianissimo, scende di corsa i due piani di scale e si ritrova sulla Bleecker Street tranquilla della domenica mattina. La pasticceria dista circa un quarto d'ora a piedi, ma lui ha fretta, vuole portarle subito la colazione italiana. Cerca una bici sulla app di bike sharing, ce n'è una a un centinaio di metri, la vede in lontananza, la raggiunge, la sblocca e ci monta su.

Mentre pedala gli tornano in mente certe serate con Carmelo che gli cucina la pasta alla Norma, le melanzane a tocchetti dentro una scodella accanto a un mucchietto di coca. Sembrerebbe proprio lo chef di un programma televisivo, se non fosse che mentre fa da mangiare si occupa anche di altre operazioni, infatti a un certo punto chiede a lui di preparare le strisce, "che sennò mi si scuoce la pasta"; in casa una playlist di musica elettronica a un volume esagerato e Pino, un gigantesco mastino napoletano, che sbava come un neonato fissando la ricotta sul tavolo.

Questi ricordi gli danno una strana sensazione. Si rende conto di quanto quei giorni gli sembrino lontani, come se appartenessero a un'altra vita, al sé stesso di tanto tempo fa. Sì, da quando ha conosciuto Zoe qualcosa è cambiato: è come se la capacità dei suoi polmoni fosse raddoppiata, con lei che si è messa lì, al centro dei suoi pensieri, scacciando quelli che gli succhiavano tutta l'energia, ed è come una liberazione. Lorenzo pedala più forte, una sottile gioia si diffonde rapida nel suo sangue inquieto.

In quattro minuti è davanti alla pasticceria, in tre ne esce con un vassoio pieno di cornetti, ciambelle e bomboloni appena sfornati che basterebbero per la colazione dei Chicago Bulls. Risale sulla bici, pedala verso casa tenendo il manubrio con una sola mano. Quando si ritrova davanti alla porta di Zoe realizza che dovrà suonare, non ha voluto prendere le chiavi senza permesso. Decide di bussare piano con due nocche – se è sveglia sentirà, l'appartamento è piccolo. Una, due volte, ed ecco il rumore delle chiavi che girano, la porta si apre e se la trova davanti a piedi nudi, addosso una maglietta bianca di almeno due taglie più grande, i capelli arruffati, gli occhi ancora pieni di sonno.

“Pensavo fossi scappato.”

Lorenzo entra e si chiude la porta alle spalle, mentre Zoe prende un paio di jeans appoggiati a una sedia e li indossa.

“Cos’hai portato?” gli chiede raccogliendosi i capelli con una fascia.

“Conosci Profumo, la pasticceria italiana sulla Seconda Avenue?”

“Wow!” dice Zoe per tutta risposta lanciando un’occhiata golosa al vassoio. “Preparo il caffè, ti va?”

Lorenzo balbetta un sì incerto, non riesce a staccarle gli occhi di dosso. Ogni parola che gli dice, ogni gesto, lo riportano alla notte appena trascorsa. I sorrisi e gli sguardi stamattina sono diversi, è come se contenessero un codice di segreti che conoscono solo loro al mondo.

“E quindi? Apriamo questo pacchetto o dovrò chiedermi per sempre che cosa c’è dentro?”

“Spero ti piacciano.”

“Aspetta, prima voglio mettere un disco. Non possiamo vivere questo momento senza una colonna sonora adeguata.”

Si alza, Lorenzo la guarda camminare, le piante dei piedi che calcano le vecchie assi di legno del pavimento. Si concentra sulle spalle, gli ricordano un altro momento della notte passata insieme: lui che le bacia il collo sentendola ansimare, le sue mani bianche su quelle spalle scure, il suo profumo.

Zoe si piega sulle gambe per scorrere i vinili nel mobile sotto il giradischi: la ricerca finisce quasi subito, ne tira fuori uno, lo posiziona sul piatto, adagia la puntina sul primo solco e torna verso il tavolo. Mentre partono le prime note di *Autumn leaves* suonata da Bill Evans, le sue dita disfano con cura il fiocco colorato che chiude quello scrigno di tesori.

“Ma sono caldi!”

“Sì, ho preso la bici per fare prima.”

Lo sguardo che Zoe gli rivolge parla di gratitudine. “Sono bellissimi!” È come una bimba che scarta un regalo.

"Pensavi davvero fossi scappato?"

"Cosa?"

"Prima, quando sono entrato. Mi hai detto così."

"Ah, è vero. Mmm... No, in verità no. Avrei dovuto?"

"Secondo te?"

"Boh, che ne so. Comunque, eventualmente scappa dopo aver mangiato con me tutta questa roba! Sai che non facevo una colazione così da... da quando avevo nove anni?"

"Non mangi niente al mattino?" chiede Lorenzo.

"Bevo solo un caffè. Se resto a casa a suonare, me ne finisco una caraffa piano piano. Se esco presto, lo prendo dalle ragazze del bar qui sotto e lo bevo camminando."

"Io li detesto quei vostri bicchieroni, non mi ci sono mai abituato. Una volta mi sono ustionato la bocca. Quel buchetto nel coperchio mi frega sempre, sembra che non esca una goccia e poi di colpo viene fuori la lava di un vulcano."

Zoe sorride.

"A proposito, il caffè è pronto. Lo vuoi col latte? Dovrei avere anche del succo."

"Caffè nero e succo vanno benissimo."

Si muove leggera nella cucina, ed è una nuova immagine che si aggiunge a quelle sul palco, durante l'amore, addormentata; Lorenzo continua a guardarla, ed è come se tutte quelle scene aggiornassero nella sua mente il quadro delle loro prime volte. Forse è questo il segreto delle relazioni, pensa mentre Zoe gli porge la tazza fumante: mantenere viva nel tempo la capacità di emozionarsi per ogni prima volta, per ogni nuova immagine della persona che hai di fronte, l'eccitazione della novità che si aggiunge al calore altrettanto piacevole dell'abitudine.

"Tu invece? Immagino che in Italia la prima colazione sia un rito."

"Forse nei paesi. Nelle grandi città siamo diventati più simili a voi, andiamo sempre di corsa. Comunque da ragazzino la facevo a casa, mi ricordo queste tazzone di latte con i cereali. Mangiavo in fretta e poi scappavo subito in camera a prepararmi, la voce di mio padre era fastidiosissima appena sveglio. Poi ho cominciato al bar, bombolone e cappuccino."

"Cos'è il bombolone?"

Glielo indica, ce ne sono due sul vassoio.

Detto con l'accento di Zoe, "bombolone" ha un suono delizioso, ma probabilmente sarebbe lo stesso anche se lei dicesse "eczema".

"Voglio imparare i nomi di tutte queste meraviglie. Forza, dimmeli!"

Se ne restano lì, con Lorenzo che le racconta di bomboloni alla crema, ciambelle, iris, cannoli siciliani e sfingi di San Giuseppe e lei che ripete i nomi dopo di lui, come un'alunna diligente. Il profumo dei dolci, quello del caffè, le loro voci mescolate al jazz che esce discreto dalle casse... In mezzo a tutto questo, loro due, seduti, le bocche piene, sbaffi di zucchero e crema intorno alle labbra, *Qui? No, più a destra. Dai, non ce l'ho più, mi stai prendendo in giro.* Fuori New York col suo vetro, il suo cemento brutale, i taxi, gli hot dog, gli skate, i laptop e le bici, le tate che spingono passeggini da duemila dollari, la gente che corre, i lavori in corso, le pizzerie, le bancarelle cinesi. La vita che scorre, mentre loro, lì dentro, iniziano a volersi bene.

23.

Quel giorno aveva deciso di fare una sorpresa a suo padre.

Era uscito da scuola prima, era saltata l'ora di educazione fisica, allora aveva pensato di passare dal suo ufficio: non vedeva l'ora di dirgli del dieci preso in storia. Aveva spiegato benissimo le Repubbliche marinare, un argomento che lo aveva appassionato al punto da chiedere ai suoi di portarlo a Venezia.

Adesso camminava svelto lungo la Cristoforo Colombo, l'ufficio era più o meno a metà strada tra la scuola e casa loro. Lo zaino pesantissimo lo rallentava un po', ogni tanto si fermava per riprendere fiato. Quando era in giro, amava cercare tra le macchine di Roma il modello che aveva suo padre. Gli piaceva quando ne vedeva una nel traffico, soprattutto se era anche dello stesso colore. Aveva perfino memorizzato la targa, per essere sicuro di riconoscerla se per caso l'avesse incontrata. Anche quella mattina si guardava intorno, ma niente. Quando fu arrivato di fronte al portone dell'ufficio vide finalmente una Thema Ferrari blu parcheggiata accanto alla cartoleria. Era identica a quella di suo padre. Forse era la sua, anche se di solito quando lui era su a lavorare la parcheggiava nel garage interno. Tentò di leggere la targa, ma era ancora troppo lontano, e il punto di osservazione non aiutava. Quando si avvicinò smise di provarci, non ce n'era più bisogno: a bordo c'erano due persone, sembravano proprio i suoi. Quella era la loro macchina!

Cominciò a correre, eccitato alla prospettiva di incontrare mamma e papà in un colpo solo. Certo, che strano vederli lì, insieme a quell'ora, pensò mentre si avvicinava. Forse erano in giro per fare spese, o andare dal medico. In ogni caso meglio così, quello era un vero colpo di fortuna, avrebbe detto a entrambi del super voto, e sarebbe stata l'occasione perfetta per chiedere ancora una volta di quel viaggio a Venezia. Ormai era a pochi metri dal traguardo, proprio di fronte alla fiancata destra, attraverso il finestrino del lato passeggero vedeva la nuca di sua madre e di fronte la faccia di suo padre. In quel preciso istante accadde qualcosa di imprevisto, che lo indusse a fermarsi di botto, la bocca aperta e il respiro affannoso: si baciavano appassionatamente, come nei film. Non lo facevano mai, a parte il bacetto sulla guancia che lui le dava al mattino prima di uscire. Ma quello che vedeva era una cosa diversa, suo padre la stringeva, le passava le mani tra i capelli. Sembrava volesse mangiarsela. E quei capelli, poi, più lunghi, e di un biondo luccicante molto diverso da quello di sua madre. Forse era stata dal parrucchiere, si disse mentre era fermo a osservare la scena, uno stupore misto a imbarazzo che gli arrossava le guance. Non sapeva più cosa pensare, forse si stava sbagliando? Poi lei si staccò dall'abbraccio e si girò di profilo, l'auto si mise in moto e si apprestò a uscire dal parcheggio. Suo padre aveva un'aria beata, una mano sul volante e l'altra ancora appoggiata sulla spalla di lei, sorridente. Mentre si allontanavano, Lorenzo Maltoni strinse gli occhi per leggere la targa, voleva la conferma definitiva che quella fosse la loro macchina. I numeri e le lettere corrispondevano, la targa era giusta. Quella donna, invece, non era sua madre.

24.

Dopo la colazione delle meraviglie, Zoe e Lorenzo sono tornati a letto: la scorpacciata di dolci italiani, la musica, i discorsi complici hanno creato tra di loro un clima così rilassato che è sembrato naturale stendersi per un po'. Ma non appena si sono ritrovati accanto è bastato un leggero contatto di mani per riaccendere il desiderio, e così hanno fatto l'amore ancora una volta, senza quasi avere il tempo di rendersene conto erano di nuovo uno sull'altra, travolti da una passione che sembra diventare più forte ogni minuto, un flusso di energia che ha preso le loro vite e le ha portate da un'altra parte, lontano da tutto quello che accadeva prima.

Si sono addormentati subito dopo, cullati da Miles Davis, la musica nella stanza che vegliava su di loro, i respiri regolari a scandire un sonno sereno. Al risveglio si sono detti che una passeggiata sarebbe stata il modo migliore di continuare la loro domenica, e così sono usciti, senza meta, in una New York sorprendentemente rilassata, come se anche la città si sentisse in dovere di non alterare il ritmo perfetto di quella giornata.

Hanno passeggiato a Brooklyn Heights, sono entrati in un negozio di libri antichi in Orange Street, dove lei ha cercato un volume raro di spartiti di Duke Ellington, si sono fermati a mangiare il pastrami al Katz's Delicatessen, nel Lower East Side, con Zoe che gli ha raccontato che proprio lì dentro hanno girato la famosa scena di *Harry, ti presento Sally*, quando Meg Ryan finge un orgasmo davanti a un Billy Crystal stupefatto, e allora Lorenzo le ha chiesto di rifarla per lui, lei si era quasi convinta ma poi ha incrociato lo sguardo di una cameriera arcigna, e così niente gag. New York sta facendo di tutto per essere all'altezza delle ultime ore che quei due hanno passato insieme.

"Come mai proprio New York? Non me l'hai detto, ieri sera."

Sono seduti su una panchina della High Line, una ferrovia dismessa del West Side lungo la quale è stata ricavata una passeggiata sopraelevata tra i grattacieli.

"Dovevo andarmene da Roma. Troppa brutta gente intorno."

"Per un americano è difficile capire perché qualcuno possa aver voglia di scappare da Roma..."

"In effetti, quando dico da dove arrivo la gente sospira. Ma la città non c'entra, ero io che combinavo solo casini."

"A volte scappare è necessario..."

"Ho chiesto una mano a mio padre, una volta tanto è riuscito ad aiutarmi: aveva questi amici, della gente agghiacciante, ma facevano un sacco di soldi con la finanza. Ho fatto un colloquio e mi hanno offerto uno stage. Dopo sei mesi mi hanno assunto."

"Però hai finito gli studi, nonostante i tuoi problemi..."

Lorenzo scuote la testa. "È difficile spiegarlo, ma è come se esistessero due versioni di me, una precisa e l'altra sbandata. Vanno ognuna per conto proprio. Anzi, a volte mi pare quasi che più una sprofonda, più l'altra funziona."

Zoe ascolta con attenzione, mentre intorno a loro passeggiano famiglie con cani e bambini, fidanzati abbracciati, coppie di anziani in tuta. Sembra che quella domenica pomeriggio abbia deciso di regalare a tutti un po' di calma, una vacanza premio nel trambusto della metropoli.

"Che strano."

"Cosa?"

Zoe ci riflette, come se stesse cercando le parole giuste per dire quello che sta pensando. "Le persone. Non puoi mai sapere davvero come sono. Prendi noi: io sono l'artista e tu il colletto bianco, eppure io sono una tipa regolare, una fissata col controllo. Non bevo, non mi drogo."

"Non ci credo..."

"Giuro. Avrò fumato dieci volte in tutta la mia vita. L'ultima quando avevo vent'anni, e sono stata così male che non ci ho più riprovato."

"Addirittura?"

"Eravamo fuori da un locale, nel Village, c'era stata una open mic night, una di quelle serate dove ti iscrivi, aspetti il tuo turno e quando ti chiamano vai sul palco e ti esibisci. Cominciamo a fumare e va tutto bene, io faccio un sacco di battute, tutti ridono... Ma poi di colpo ho cominciato a sentirmi male. Credevo di morire. L'ho subito detto agli altri, loro pensavano che scherzassi, e continuavano a ridere. Più ridevano, più io andavo in paranoia: un incubo."

"Forse una crisi di panico. Una volta è successo anche a me, ma avevo preso dei funghetti."

"Quando hanno capito che non scherzavo, mi hanno fatto stendere su una panchina. Sono stata male tutta la notte."

"Magari non eri serena," dice Lorenzo con aria meditabonda. "Le droghe portano in superficie quello che hai in profondità."

"Può darsi. In effetti non era un gran periodo. Stavo cercando di registrare un demo, ma mi faceva schifo tutto. È sempre così quando cerco di produrre la mia roba."

"Sul palco, invece, sembri totalmente a tuo agio."

"Certo. È in studio che mi vengono tutte le ansie del mondo."

"Che strano. Pensavo che fare un disco fosse una figata."

"Sai cosa mi dà ansia? Non poter guardare in faccia le persone quando lo ascolteranno. Quando suono dal vivo ce le ho davanti, capisco subito se sto andando bene."

"Io, per esempio, non ti stacco gli occhi di dosso..."

Zoe sorride, ma torna subito seria. "Se esce il mio disco, come faccio a sapere cosa penseranno quando lo ascoltano? È questo che mi distrugge, capisci?, non essere lì con loro. E se cambiano a metà canzone perché gli fa schifo?"

"Non ci avevo mai pensato."

"Ti sembro pazza, vero?"

"No, no. Certo, è strana come teoria..."

"Ok, ti sembro pazza... Però, vedi?, io faccio la musicista, dovrei essere quella naïf, e invece sono una che pensa troppo, mi faccio un sacco di paranoie. Infatti ho trentadue anni, suono nel weekend in un locale per turisti e non ho nemmeno un pezzo su Spotify... Tu invece dici di essere incasinato, pieno di problemi, eppure sei riuscito a laurearti e a trovarti un lavoro in cui metti a frutto quello che hai studiato."

"Forse dovremmo provare a scambiarci il lavoro."

"Ci pensi? Tu sul palco e io in ufficio."

Lorenzo ride. "Ti assicuro che il mio potresti impararlo, io invece non riuscirei a essere intonato nemmeno dopo cinquecento lezioni di canto..."

Zoe lo guarda, le sopracciglia aggrottate e un sorriso beffardo. "Sei serio?"

"Certo. Sono uno strazio."

"Non ci credo. Fammi sentire!"

"Ma figurati, non ci penso neppure."

"Forza... io parto e tu mi segui. Ne facciamo una facile."

"Ti ho detto di no."

"Quando sei teso, si sente molto di più il tuo accento. Dai, un pezzo italiano. Vediamo... *E allora ehi mambo, mambo...* vai!"

"Davvero, Zoe, non sono capace."

"Ma chi se ne frega! Mica siamo a *X Factor. E allora ehi mambo, mambo...*"

"*Italiano...*"

Il suono che esce dalla sua bocca è talmente sgraziato che Zoe non può crederci. Ride, pensa lo abbia fatto apposta. Poi lo esorta a continuare. "Avanti, ora però sii serio..."

"Ero serissimo," le risponde lui, indeciso se offendersi o vergognarsi. "Meglio di così non riesco. Te l'ho detto, sono una frana."

Zoe inclina leggermente la testa di lato mentre continua a guardarlo con tenerezza. "Che buffa questa cosa... è carina!"

"Sì, carinissima!"

"Me la fai una promessa? Scegli una canzone che ti piace? Però dev'essere un duetto, ce ne sono milioni."

"Ok. Dovrei pensarci, adesso non me ne viene in mente nessuna."

"E chi ha detto che devi sceglierla adesso?"

"Va bene, quando l'avrò trovata te lo dirò. Ma scusa, perché?"

"Tu sceglila. Ok?"

"Ok."

25.

Il suo capo è stato molto chiaro: non deve fargli troppo male, ma abbastanza per convincerlo a prendere sul serio la faccenda. Sono già passate più di due settimane, lo hanno avvertito un paio di volte, adesso bisogna entrare nella fase due.

Gli ha detto proprio così il Duca Giallo, lui ha annuito in modo non troppo convinto, e infatti adesso Vincent sembra pensieroso mentre se ne sta appoggiato alla vetrina della lavanderia automatica accanto al 123 West della Sessantaduesima Strada, proprio accanto al portone del building dove abita Lorenzo Maltoni, l'italiano che deve tutti quei soldi al suo capo. Ha già mangiato tre hot dog e sta fumando la sua gigantesca sigaretta elettronica al sapore di vaniglia. Tira boccate lunghissime per allentare la tensione, e intanto cerca di ricordarsi cosa diavolo sia la fase due.

Quando Lorenzo e Zoe si fermano al semaforo rosso, sta riempiendo la sigaretta di liquido: non riesce mai a farlo senza combinare qualche pasticcio, per via di quelle mani gigantesche che sono in difficoltà quando deve maneggiare oggetti più piccoli del volante della Lincoln nera, quella con cui scarrozza il suo capo in giro per la città. A volte bestemmia quando si rende conto di essere maldestro, come adesso, che vede una piccola quantità di liquido finirgli sul giubbotto.

Proprio mentre tampona goffamente la macchia con una

mano, Vincent alza lo sguardo e li vede. Prima lei, in realtà, e più precisamente i suoi capelli. Poi il tizio al suo fianco, che le sta dicendo qualcosa all'orecchio. Lo riconosce, quella faccia italiana è la sua missione del giorno. Se ne stanno rigidi accanto al semaforo, lo guardano, sembrano sul punto di prendere qualche iniziativa.

Lo hanno visto? Non ne è sicuro, ma nel dubbio Vincent parte senza aspettare il verde, il cuore che raddoppia i battiti e gli occhi che si fanno piccoli, talmente fissi su quei due da non accorgersi della boccetta di liquido e della sigaretta che ruzzolano sulle strisce pedonali, lontano dalla tasca nella quale ha cercato di ficcarli.

26.

La app del telefono di Zoe registra nove miglia. Hanno camminato in lungo e in largo, da est a ovest, da nord a sud, come turisti. Lorenzo infatti ha ripensato ai suoi primi giorni a New York, quando gli era sembrato possibile un nuovo inizio. Poi tutto aveva ricominciato ad andare male, come al solito. Eppure oggi ha riprovato quella sensazione, mentre camminava con Zoe, mentre la ascoltava parlare della sua vita, di ciò che le piace, dei suoi desideri e delle sue paure. E anche a lei, oggi, è sembrato di respirare più a fondo, come se un sangue nuovo le scorresse nelle vene, liberandola dal peso di sentirsi costantemente in balìa delle troppe cose lasciate a metà.

Tutto questo fino al semaforo di fronte a casa: Lorenzo si accorge di Vincent, lo riconosce subito, del resto non è certo un tipo ordinario. Il suo respiro diventa affannoso, stringe forte la mano di Zoe che lo guarda stupita. "Dobbiamo andare!" le dice in fretta, sottovoce.

"Eh? Andare dove? Che succede?"

Non le fa finire la domanda, la tira per un braccio verso destra, la spalla di Zoe finisce contro il muso di uno Yorkshire in braccio a una signora dai capelli grigi, le chiede scusa, Lorenzo la trascina via e con la coda dell'occhio vede Vincent che dall'altra parte della strada comincia a correre.

Qualcosa gli cade dalle mani, è troppo lontano per capire. Una pistola? Un coltello? L'oggetto gli sembra troppo piccolo, ma cazzo, vicino a lui tutto sembra piccolo, pensa mentre ormai corre all'impazzata dribblando pedoni, Zoe attaccata al suo braccio che urla qualcosa di incomprensibile nel trambusto dell'Upper West Side.

Dopo un centinaio di metri Lorenzo si gira di nuovo a controllare la situazione, ed è a quel punto che lo vede: il ragazzino sul monopattino ha una T-shirt nera e un paio di cuffie enormi, sfreccia sereno sulla Sessantaduesima, del tutto ignaro di quanto sta accadendo alla sua destra.

Se ne accorge solo quando quella *cosa* – perché è così che la percepisce – lo travolge, mandandolo a gambe all'aria e catapultando il suo monopattino contro il parabrezza di un taxi che stava arrivando e che è costretto a inchiodare, provocando un tamponamento a catena di almeno altre tre macchine.

Vincent giace immobile sul cemento, apparentemente privo di sensi: è l'ultima cosa che Lorenzo vede, prima di attraversare un isolato più a est e riguadagnare il marciapiede del suo building. Zoe si gira verso l'incidente, poi di nuovo verso di lui: "Mi spieghi che cosa diavolo sta succedendo?".

27.

"Non so se fosse lì per ammazzarmi. Di sicuro non voleva ricordarmi con gentilezza che devo duecentomila dollari al suo capo."

Lorenzo cammina nervosamente per il soggiorno, Zoe è seduta sul divano, un bicchiere d'acqua tra le mani. Sono saliti da lui e le ha spiegato tutto, lei è incredula.

"Se penso che avresti potuto essere coinvolta mi scoppia la testa. Non possiamo più vederci, cioè, tu non puoi più vedere me, è pericoloso... Cazzo, sono un idiota."

Zoe gli prende una mano e lo tira a sé. "Calmati, e fammi capire."

"Non c'è molto da spiegare. La situazione è questa. Quella gente non scherza, se non pago non si fermeranno."

"Non puoi andare alla polizia? Insomma, non hai fatto nulla di troppo grave, giusto? Hai solo un debito di gioco."

"Ma figurati, prima che la polizia si dia una mossa mi hanno già fatto fuori. Ci vogliono riscontri, prove. È un casino, Zoe."

Lorenzo si alza, raggiunge la finestra e guarda di sotto: stanno caricando Vincent sul lettino dell'ambulanza, lui si agita un po' ma non è in condizioni di rifiutarsi, la botta è stata forte. Poco più in là, steso su un'altra barella, c'è il ragazzo del monopattino: sembra paradossalmente meno ammaccato, nonostante pesi come un orecchio di Vincent.

Zoe lo raggiunge alla finestra, si ferma dietro di lui e gli appoggia il mento sulla spalla. "Che paura mi fa quel tipo. Meno male che siamo riusciti a scappare. Lo conosci, lo avevi già visto?"

"Si chiama Vincent. Una sera mi ha spaccato il labbro con un pugno. Sì, ma vieni via da lì, che magari ti vede!"

Torna verso il divano, ci sprofonda dentro. "Forse dovrei sparire per un po'. Andarmene da Manhattan. Farmi accreditare la liquidazione e ciao. Butto due cose in una valigia, faccio il pieno al furgone e via, destinazione ignota."

"E poi che fai? Scappi per sempre?"

"Intanto me ne vado."

"E dove dormiresti?"

"Boh, nel furgone... Ma no, è una cazzata anche questa, è che davvero non so cosa fare."

"Come no? Lo hai appena detto, partire."

"Ma va', dicevo per dire. Mi hai preso alla lettera... Cos'è, vuoi liberarti di me? Lo capirei, eh... Oppure vuoi venire anche tu?"

Zoe lo guarda con un'espressione che lui non si aspettava. Una strana via di mezzo tra la sorpresa e la malizia.

"Stavo scherzando. Non te lo chiederei mai seriamente, figurati. Non sono matto fino a questo punto."

"Ah, no? Peccato," fa lei. "Mi era venuta un'idea."

"Un'idea rispetto a cosa?"

"Rispetto alla situazione. A te. A noi." La frase sembra uscire da sola, senza che Zoe lo abbia deciso. Quel *noi*, soprattutto. "Comunque, se non dicevi sul serio è inutile che te ne parli."

"Non è perché non mi vada," le dice Lorenzo. "Ma come faccio a chiederti sul serio una roba del genere dopo due giorni che ci conosciamo?"

"Stai facendo tutto tu. Deciditi: scherzavi o mi stavi invitando a partire con te?"

La sirena dell'ambulanza li avvisa che stanno portando via Vincent. Sembra un segno, come se il pericolo, solo a parlare della prospettiva di quel viaggio insieme, si stesse già allontanando.

"E allora qual è questa idea che ti è venuta?"

Zoe sorride, "è una cosa completamente folle..." dice, ma Lorenzo adesso è curiosissimo e insiste per sapere.

"Ricordi cosa mi hai detto ieri sera, sotto casa tua?" continua allora lei. "Quando dicevi che l'unico modo per procurarti i soldi sarebbe rapinare una banca?"

"Ah, sì. Ovviamente scherzavo..."

"Sì, eh?" fa lei, sempre più sibillina.

"Certo. Cos'è quella faccia? Mi fai paura. Stai pensando di metterti a fare rapine?"

"Chi ha parlato di rapine? Magari una sola. Un furto, diciamo..."

Lorenzo adesso la guarda con gli occhi fuori dalle orbite. "Ma che dici, Zoe? Sei impazzita?"

"Secondo me, tu non hai capito fino in fondo chi sono. E sai cosa? Forse non l'avevo capito nemmeno io."

28.

Mentre Zoe gli espone il suo piano con dovizia di particolari, Lorenzo rimane in silenzio, sospeso tra lo sconcerto e una strana eccitazione: rubare una chitarra!

Gli racconta del circuito dei collezionisti, di quanto sia incredibile, un universo parallelo fatto di eccessi, atteggiamenti ossessivi, attenzione a dettagli infinitesimali, ininfluenti per la maggior parte della gente ma non per loro, dettagli che possono far schizzare alle stelle la quotazione di uno strumento.

Poi, con gli occhi accesi di una passione quasi mistica, si sofferma su *quella* chitarra: una Gibson Kalamazoo KG-14 appartenuta a Robert Johnson, un mito assoluto, una specie di Sacro Graal per i collezionisti di tutto il mondo. È quella che imbraccia in una delle poche foto di lui che sono rimaste, la più famosa, che lo ritrae con la sigaretta che gli penzola dalle labbra. Gli dice di aver passato settimane a osservare quella foto, lavorando con i filtri, cercando il segno distintivo che potesse identificarla in modo inequivocabile: alla fine qualcosa c'era, una minuscola *J* incisa sulla parte anteriore, proprio accanto alla buca.

"La *J* di Johnson," fa Lorenzo.

È entrata in decine di forum, ha chattato con tantissimi appassionati, feticisti di ogni parte del mondo, e alla fine, incrociando i dati e studiando con attenzione centinaia di articoli sulla vita del grande musicista blues – soprattutto sui suoi ultimi giorni –, è giunta alla conclusione che quella chitarra potrebbe essere custodita nel Blues Museum, a Clarksdale, Mississippi, circa centoventi chilometri a sud di Memphis.

Ma dalle foto sul sito non riusciva a capire se fosse davvero quella, così ha preso ed è partita per andare a controllare di persona. Lì dentro sono custodite diverse decine di chitarre, le più rare risalgono al periodo che va dagli anni venti ai quaranta. Alcune sono *resofoniche*, un'invenzione di John Dopyera, immigrato slovacco che un giorno aveva avuto l'intuizione di aggiungere alla chitarra acustica dei coni metallici vibranti, qualcosa di simile a dei rudimentali altoparlanti, in modo che potessero suonare a un volume più alto, per essere ascoltate anche all'interno di una band.

Lorenzo è attentissimo, non sa niente di quel mondo, ne è affascinato.

Quando si è trovata davanti alla teca dove era contenuta la Kalamazoo – gli racconta Zoe –, si è avvicinata allo strumento più del consentito, per tentare di scorgere quella piccola incisione. Poi ha tirato fuori il telefono per fotografarla, e a quel punto il custode, un uomo corpulento dall'aria bonaria, di nome Jeremy – così recitava la targhetta sulla sua camicia –, le ha detto che non si poteva. Gli ha fatto un po' di domande, ma le informazioni che cercava erano troppo specifiche, dettagli sulla costruzione e il numero seriale, i passaggi di proprietà, se lo strumento fosse stato riverniciato e se avesse tutte le parti originali, e lui non ha nascosto un certo disappunto per non aver saputo fornirgliele. Infine, una volta fuori dal museo, ha ripreso il cellulare e col cuore in gola ha ingrandito il più possibile l'unica immagine che era riuscita a rubare. Eccola lì, la piccola *J*, dimostrazione che la chitarra è proprio quella.

"I tizi del museo non hanno idea dell'importanza di quello strumento, del suo immenso valore. Non sanno che è appartenuta a Robert Johnson, altrimenti lo avrebbero scritto da qualche parte. In un forum di collezionisti ho conosciuto un tipo, un russo di Long Island, uno che ha fatto milioni fabbricando trasportini per gatti. Di invasati come me ne ho visti tanti negli anni, ma questo li batte tutti. Una sera l'ho invitato al locale, abbiamo parlato fino alle tre e mi ha confessato che quella chitarra lo ossessiona, sarebbe disposto a spendere qualsiasi cifra per averla."

"Quanto potrebbe valere?"

"Mezzo milione."

"Stai scherzando?"

"No, proprio per niente."

"E chi ti dice che quel tizio non è un mitomane? Che ha davvero tutti quei soldi?"

"È uno degli uomini più ricchi di Long Island. I soldi ce li ha."

"E quindi cosa vorresti fare?"

"La settimana prossima cominceranno la ristrutturazione di un'ala del museo. Ne chiuderanno soltanto una parte, per il resto sarà aperto. Ho visto sul sito che la sala in cui è esposta la chitarra non è tra quelle chiuse al pubblico. Mi segui? Dovranno spostare tutto, non so ancora dove, ma ci sarà un viavai di operai, un sacco di roba in giro, confusione."

Lui la interrompe: "La settimana prossima? Ma quindi tu... avevi già in mente di partire?".

"Sì e no. Era solo un'idea, ma non avevo un complice, un compagno di viaggio."

"Che sarei io?"

"Che potresti essere tu."

Lorenzo è perplesso. "Scusa, non ci sono delle telecamere di sicurezza?"

"Ce ne sono due all'ingresso e una negli uffici, ma non nelle sale, è un vecchio museo, non una banca, gli altri oggetti esposti non hanno chissà quale valore. Io farò finta di svenire, la cosa dovrebbe creare ulteriore confusione e darti il tempo di andare di là e prendere la Kalamazoo. Che ne dici?"

Lorenzo è ammutolito. Ha finito gli argomenti pratici per tentare di farla ragionare, di farle capire che è un progetto folle. Gli resta solo un'ultima domanda.

"Perché vuoi farlo?"

Lei rimane in silenzio per un bel po', l'aria assorta, come se le stesse passando tutta la vita davanti. Poi lo guarda negli occhi e dice: "Perché credo che sia la cosa giusta".

PARTE SECONDA

29.

Una Gibson acustica, una Les Paul Sunburst e un banjo piuttosto malandato. Li hanno sistemati con cura dentro il bagagliaio dello Chevy, sopra a tutto il resto della roba: due borsoni, uno nero, leggermente più piccolo, l'altro grigio scuro. New York-Clarksdale, circa mille e ottocento chilometri in direzione sud-ovest. Hanno imboccato l'Holland Tunnel poco dopo l'alba, l'Hudson sopra le loro teste. È una giornata di sole, Lorenzo guida e Zoe combatte contro il sonno, il viso mezzo coperto da un paio di occhialoni scuri con la montatura di tartaruga; con i piedi appoggiati sul cruscotto tiene il tempo di *Day tripper* dei Beatles.

"Come si fa a scrivere un pezzo così?" Zoe mima gli accordi, come se stesse imbracciando una chitarra. "Comunque, nasce tutto dal blues. Se incontri qualcuno che ti dice 'Io ascolto solo rock, la musica nera non mi piace', sta dicendo una sciocchezza. Prendi questo pezzo: il riff è un giro di blues in piena regola. In dodici misure."

Lorenzo annuisce, ma è poco partecipe.

"Tutto bene?" gli chiede lei.

"Più o meno. Sto pensando a quello che dobbiamo fare."

"Ma è tra una settimana! Fai una pausa, parla con me. Non è che se ci pensi tutto il tempo cambia qualcosa."

Lorenzo fa una smorfia. “Come se fosse facile. È tutta la vita che non riesco a smettere di pensare...”

“Lo so, ma ti va di provarci adesso?”

“Ok. Mi stavi parlando del blues. Delle dodici misure. Questo l’ho sentito. Ma non so se l’ho capito...”

Zoe lo rassicura con lo sguardo. “Mi stupirebbe il contrario, è una cosa molto tecnica.”

“Spiegamelo allora, ho bisogno di pensare a qualcosa di diverso.”

“Va bene, durante questo viaggio sarò la tua Distrazione Ufficiale dai Pensieri Ossessivi... Ma stai attento, che anche il blues non scherza. Potrebbe diventare la tua nuova ossessione.”

Lorenzo sorride.

“Allora,” attacca Zoe, “mediamente la metrica della musica è in otto misure. Gran parte del pop e del rock moderno funziona così. Anche la tua dance. Il blues invece ne ha dodici. Fin qui ci sei?”

Lorenzo ascolta attento come uno scolaretto. “Sì. Ma perché? C’è un motivo?”

“Sì: le dodici misure seguono la struttura della parte cantata, dove le prime quattro contengono la domanda, le seconde quattro la risposta e le ultime la conclusione.”

Lei racconta e lui, alla guida, guarda la strada, la linea di mezzeria, i cartelli. Di colpo s’immagina di viaggiare su un enorme pentagramma. “Quindi, nel blues le parole contano più della musica, giusto?”

“Nel blues il messaggio è fondamentale,” conferma Zoe. “È una musica che nasce per esprimere un disagio, una sofferenza. E al tempo stesso per tentare di trovare la forza di superare questo dolore, o almeno di elaborarlo. Il blues, agli inizi, era un po’ la psicanalisi dei poveri.”

Lorenzo si gira e la guarda. “Mi hai fatto pensare a me sul

cornicione e a te che suoni in strada. Quella seduta dovrei pagarla ben cara."

Zoe scrolla le spalle. "Sono ancora in tempo per farti avere la parcella," dice, mentre superano un TIR con una gigantesca immagine di Gesù sul retro.

L'assolo di chitarra riempie quel momento di silenzio. Zoe alza il volume e mima di nuovo il gesto di suonare.

"Questa dei Beatles l'hai mai suonata?"

"No," risponde lei. "Ne ho altre in repertorio. Le loro canzoni sono perfette. Un critico una volta ha detto che sembrano nascere già con armonia e melodia incollate."

Lorenzo le chiede di spiegargli la differenza tra armonia e melodia e Zoe si meraviglia: a scuola non ha studiato nemmeno un po' di musica?

Lui ride. "Sì, ma non seguivo molto. Dovevamo imparare a suonare col flauto dolce una canzoncina orrenda, *Fra Martino campanaro*. Mi mandava in paranoia. Con i Beatles sarei stato più attento."

"Non faccio fatica a crederlo. Allora, vediamo se con me va meglio: diciamo che l'armonia rappresenta le fondamenta di una canzone, la melodia invece è tutto quello che noti entrando in una casa, l'arredamento, i colori, le luci. Nessuno fa mai caso alle fondamenta, ma se non sono solide tutto il resto serve a poco."

"Okay, usiamo casa tua come esempio."

"Va bene anche il furgone. Anche questa è una casa."

"Allora... L'armonia sono le ruote e il motore, la melodia il volante, l'impianto stereo e i vetri elettrici. Ci sta?"

"Direi di sì. Bravo Maltoni, ti do una bella B."

"Anch'io ti do un bel voto, sei brava a spiegare. Lo avevo già notato quando parlavi sul palco, tra una canzone e l'altra. Conosci tutti i segreti."

"Ti ringrazio, ma non è vero. Per me, la creazione di una canzone come questa rimane un mistero. C'è qualcosa di inspiegabile dietro il successo di un brano. Se esistesse una formula precisa, tipo un algoritmo, tutti scriverebbero *Day tripper*, o *Satisfaction* o *Folsom Prison blues*. Invece... Provo invidia per quelli che trovano gli accordi giusti, che compongono pezzi così perfetti. Sai quella storia delle sculture che sono già dentro il blocco di marmo, e l'artista deve solo levare il superfluo?"

"Mi è sempre piaciuta questa teoria. Nei musei qualche volta mi è capitato di fare il contrario, guardavo una statua e cercavo di immaginarmi il blocco di marmo dal quale era stata ricavata."

"Ecco, questa non l'avevo mai sentita."

"Ormai dovresti averlo capito: io sono quello dei pensieri strani..."

"Comunque, quando sento una canzone del genere mi viene sempre in mente questa immagine. Forse con la musica funziona allo stesso modo: *Day tripper* in qualche universo parallelo esisteva già, e loro erano gli unici che riuscivano a sentirla, tipo i cani con gli ultrasuoni."

"Come si fa a entrare in connessione con quell'universo? Troviamo un modo e hai svoltato. Che ne so, meditazione trascendentale, ayahuasca... quelle cose lì. A quel punto diventi la musicista più famosa del mondo e non serve più che rubiamo la chitarra."

"Pensi che il mio piano sia una totale follia, vero?"

Lorenzo esita prima di rispondere. "Di sicuro non è una cosa normale. E te lo dice uno a cui nella vita ne sono capitate tante... Ma questa è al numero uno della mia classifica."

Zoe gli confida che l'idea le girava in testa da un po', ma non ne aveva mai parlato con nessuno. "È strano, ma ieri, a un tratto, anche se ci siamo appena conosciuti, ho pensato che fossi la persona giusta a cui proporlo. E che fosse arrivato il momento. Forse una parte di me sperava che mi dicessi che ero matta. Ma non l'hai fatto. Perché?"

"La faccia che avevi. Lo sguardo. Un'espressione che non so spiegarti."

"Da matta?"

"No, tutt'altro. Anzi. Sembravi lucidissima, come se mi stessi raccontando la cosa più naturale e logica del mondo. Non mi è nemmeno passato per la mente di dirti di no."

"Hai paura?"

La canzone intanto è finita, il vocione di uno speaker pubblicizza una marca di pasta finto-italiana.

"Se penso a cosa stavo per fare tre giorni fa, ti rispondo di no. Sai quando Bill Murray in *Groundhog day* inizia a fare le cose più pericolose, tanto il giorno dopo si risveglia sempre nella stessa mattina? Ecco, mi sento un po' così."

Zoe si rabbuia e anche Lorenzo si fa serio: ripensa a quella sera, all'attimo in cui, guardando di sotto, l'ha vista per la prima volta. La sua voce e la sua musica che lo mettono in crisi, il coraggio che svanisce.

C'è un'insegna gigante al lato della strada, è la pubblicità di una compagnia di assicurazioni: NON SCHERZARE COL TUO FUTURO. La leggono entrambi, Zoe gli appoggia una mano sulla gamba e d'istinto si scambiano un sorriso fugace.

Dura un istante, la strada si riprende subito i loro sguardi. Rimangono in silenzio, la radio ora sta suonando *I never loved a man the way I love you* di Aretha Franklin. Viaggiano sulla NJ 139, Manhattan è ormai alle spalle, davanti a loro un futuro che, per quanto pieno di incertezze, li fa sentire vivi.

30.

"No, ti prego. Queste cose mi mandano in crisi."

"Dai, è un gioco!" insiste Zoe prima di divorare l'ultimo boccone del suo bagel.

Si sono fermati a fare colazione in un diner dalle parti di Newark. Si chiama Come Fly with Me, l'arredamento ricorda il mondo dell'aviazione, la vicinanza all'aeroporto deve aver ispirato il proprietario. Le cameriere sono vestite da hostess, e se chiedi dov'è il bagno rispondono a gesti, come se stessero mostrando le uscite d'emergenza. Ma a differenza di quelle vere, che sfoggiano sempre un sorriso professionale, loro hanno espressioni annoiate, e così ne viene fuori una scena surreale, per non dire un po' triste.

"È come quando ti chiedono i tre film preferiti della tua vita. O i dischi. È impossibile rispondere a domande del genere."

Zoe scoppia a ridere. "Ma no, è tutta un'altra cosa! Non riesci a pensare a tre desideri?"

Lo dice con un'espressione maliziosa, la stessa che le si è disegnata sulla faccia fin da quando, poco dopo la partenza, le è venuta l'idea: il viaggio verso Clarksdale dovrà essere scandito da un criterio, una specie di regola d'ingaggio; ciascuno di loro dovrà scegliere tre posti in cui non è mai stato e che da sempre desidera vedere.

“Il gioco mi mette in crisi, questo ormai lo avrai capito.”

Zoe scuote la testa. “Pensa a quando giocavi da bambino.”

“Di male in peggio. Non ero bravo nemmeno da bambino a fare i giochi da bambino.”

“Ti aiuto io a recuperare. Prima di tutto, fregatene di ciò che è possibile e di ciò che non lo è. Poi, pensa solo a quello che hai voglia di fare, a quello che ti piace.”

“Ok.”

“Ultima cosa, importantissima: non ci importa niente di sbagliare.”

“Ma scusa, ammesso che io trovi questi tre posti... quante deviazioni dovremo fare? Oppure devono essere lungo la rotta?” Lorenzo le tenta tutte pur di non rispondere.

“Più o meno, ma è ammessa qualche deviazione. Abbiamo quasi una settimana, regolati di conseguenza...”

“Ok, ma almeno inizia tu,” sospira.

Zoe risponde senza alcuna esitazione. “Mangiare granchi a Fell’s Point, Baltimora! È praticamente lungo la strada, dovremo fare solo una piccola deviazione. Potremmo dormire lì stanotte.”

“So che è una città un po’ pericolosa...”

“Ti ricordo che stiamo andando a rubare una chitarra nello stato del Mississippi, questo fa di noi due criminali.”

“Finché non l’avremo rubata, no.”

“Vabbè, questo gioco non ti piace. Peccato, a me moltissimo. Vado in bagno, così ci pensi. Quando esco voglio sentire almeno uno dei tre posti.” E poi, rivolta alla cameriera: “Scusi, dov’è il bagno?”.

Lorenzo è perplesso: c’è già stata per lavarsi le mani appena sono entrati, quindi dovrebbe saperlo.

“Voglio rivedere lo spettacolo,” gli sussurra lei.

La cameriera si chiama Evelyn, così c’è scritto sulla targhetta appuntata sul petto. Si mette dritta, stende le braccia e unisce le mani, indicando il percorso verso i servizi. Ma Evelyn, a differenza delle altre, lo fa bene, col sorriso e la plasticità innaturale tipici delle assistenti di volo. Dev'essere in prova, o comunque lavora lì da poco, pensa Zoe mentre cammina un po' delusa verso la scala che conduce al piano di sotto.

Rimasto solo al tavolino, Lorenzo si sforza di farsi venire in mente tre posti che ha voglia di vedere, ma niente da fare. Si incupisce, fissa il fondo del suo tazzone di caffè americano. Zoe è stata molto chiara: desiderio, è di quello che si sta parlando, qualcosa che ultimamente ha frequentato poco – almeno fino all'incontro con lei. Era solo un ragazzino quando ha capito che la sua esistenza sarebbe stata governata dalle ombre, più che dalla luce. Ci ha messo poco a rendersene conto, non appena la sua percezione del mondo si è fatta più precisa.

Di colpo gli torna in mente un'immagine: Ostia Lido, un'estate di tanti anni fa, lui dodicenne che gioca con le biglie sulla sabbia, i suoi stesi a prendere il sole poco più in là. Un ragazzo africano carico di teli e altre cianfrusaglie si avvicina a suo padre che si era appisolato e gli propone di comprare qualcosa: Adolfo si sfila gli occhiali da sole e gli dice di andare via. Il ragazzo gli sorride, rilanciando con l'offerta di un braccialetto della fortuna: "Regalo! Niente soldi". A quel punto suo padre si alza dal lettino e comincia a inveirgli contro, svegliando anche sua madre. Ma il ragazzo insiste, continua a offrire il braccialetto senza smettere di sorridere. Lo spintone è forte, lo coglie di sorpresa e gli fa perdere l'equilibrio, cade e viene sommerso dal suo piccolo bazar ambulante, come la *Venere degli stracci*. Mentre cerca di tirarsi su Adolfo ride sguaiato, la moglie gli dice pigramente di smetterla, di lasciar perdere.

"Guardalo, me pare 'n bacarozzo ribaltato che nun riesce a tirasse su."

Ancora risate, ridono anche un paio di altri bagnanti stesi nello stesso fazzoletto di spiaggia. Lorenzo ha seguito tutta la scena con le mascelle serrate e un nodo in gola. Si alza, va verso il ragazzo, gli tende la mano per aiutarlo a tirarsi su.

"Ma che fai? Lascia sta'. Ce la fa da solo. Così impara a rompere le palle alla gente per bene."

Lorenzo chiama la madre, lei si alza ma invece di aiutarlo cerca di trascinarlo via, lui si divincola, urla, gli occhi gonfi di lacrime, poi raccoglie un pugno di sabbia, si avvicina a suo padre e gliela tira in faccia: "Voglio un altro papà! Mi fai schifo!".

Non ci ripensava da anni. Per la verità, quel giorno era soprattutto con sua madre che ce l'aveva, suo padre lo aveva già deluso tante volte, ma la mamma no, su di lei aveva ancora qualche speranza. Quel giorno invece aveva capito che nemmeno da lei poteva aspettarsi granché. Lei, che non riusciva a salvarlo, a salvarsi. A salvarli. A prendere le distanze da quell'uomo, a mostrare a suo figlio un altro modo, un altro senso, a convincerlo che al mondo esistevano cose per le quali valeva la pena avere speranza, sorridere all'inizio della giornata, desiderare, appunto. Ma Melania è sempre stata così, immobile, accondiscendente, inquilina triste e ingioiellata di un castello costruito sulle sue fragili certezze, incapace di farsi domande, o forse soltanto spaventata a morte dalle possibili risposte. E non c'erano nemmeno un fratello o una sorella, qualcuno con cui bisbigliare frasi stupide quando arrivava il buio, con cui tirarsi cuscini, cercando di soffocare le risate. Lorenzo in quegli anni era solo, è questa la verità. Chissà perché ci ha ripensato proprio adesso, seduto in un diner alla periferia del grande sogno americano, mentre la cameriera indica il bagno a un altro cliente, e stavolta è di nuovo quella con la faccia triste. Triste come la sua.

31.

"Dov'è che ha venduto l'anima al diavolo?"

Lorenzo glielo chiede, visibilmente turbato, appena Zoe torna dal bagno.

"Come mai Robert Johnson, adesso?"

"Mi è tornata in mente la storia che hai raccontato al Downtown Blues."

"Tutto bene? Mi sembra tu abbia cambiato umore."

"Scusami, ho ripensato a delle cose..."

"Non devi chiedermi scusa. Anzi, perdonami tu, forse sono stata invadente. Non ci conosciamo ancora così bene da capire i momenti."

Lorenzo continua a girare il cucchiaino nel caffè, lo sguardo basso.

"È strano. È... una specie di inseguimento," continua Zoe. "Ci sono due noi che sono già andati lontano e altri due che si stanno ancora conoscendo. Come se fossero due versioni di noi stessi in due fasi diverse. Magari poi, a un certo punto del viaggio, cominceranno a camminare insieme."

Lo spunto attira l'attenzione di Lorenzo. Il cucchiaino è finalmente fermo. "Chi sono i due davanti?"

"Quelli che hanno deciso di partire insieme per fare una cosa folle. Quelli che hanno fatto l'amore. Quelli che adesso sono seduti a chiacchierare in questo posto assurdo."

"...quelli che si divertono alle spalle di queste ragazze costrette a fare mille volte al giorno la scenetta buffa delle hostess... cioè, sei tu che ti diverti, perché io in realtà vorrei liberarle da quest'incubo!"

"Ma non mi diverto affatto alle loro spalle. Le trovo carine."

"Come no..."

"Però vedi che sono riuscita a farti tornare il buonumore?"

Lorenzo si sporge attraverso il tavolo per darle un bacio. "Dimmi degli altri due."

"Eh?"

"I due noi lenti, quelli rimasti indietro..."

"Ah, giusto. Loro... loro sono ancora lì che immaginano cose. Vorrebbero fare domande e non le fanno, oppure le fanno ma un attimo dopo pensano di essere stati inopportuni. Come me, un secondo fa."

Zoe lo guarda, poi allunga il braccio e gli porge la mano. Lorenzo ci appoggia sopra la sua e rimangono in silenzio.

"Era tutto di vostro gradimento? Volete altro?"

Evelyn è zelante nel chiedere, così come nel mostrare le uscite di sicurezza immaginarie. Zoe si sente un po' in colpa, dopo quello che le ha detto Lorenzo. "No, grazie mille. Ci porti pure il conto."

Lui riprende il discorso: "Allora? Dov'è che Robert Johnson ha venduto l'anima al diavolo?". La sua mano è sempre lì, al sicuro in quella di Zoe. Sembra quasi che quelle mani stiano vivendo una vita a parte, spettatrici mute di ciò che accade ai loro proprietari.

"Non ci crederai, ma è esattamente dove stiamo andando."

"Baltimora?"

"No. La nostra destinazione finale. La scena del futuro crimine."

Lorenzo sgrana gli occhi. "Non ci credo. A Clarksdale?"

"Già. All'incrocio tra le autostrade 61 e 49. Il Crocevia

del Diavolo. Lui gli ha passato la chitarra, Satana l'ha presa, gliel'ha accordata e, quando gliel'ha restituita, è diventato Robert Johnson, la leggenda del blues... Ma perché me lo chiedi?"

"Perché ho appena deciso che è uno dei tre posti che vorrei visitare. Dopo averti sentito raccontare questa storia ci ho pensato spesso, me lo sono anche immaginato questo Crocevia del Diavolo, e quindi..."

"E quindi vuoi fare un patto col diavolo anche tu." Sarà che stanno facendo quei discorsi, ma a Zoe sembra che adesso il sorriso di Lorenzo abbia qualcosa di mefistofelico. "Che cosa gli chiederesti?"

"Dimmelo prima tu."

"Ma scusa, sei tu che vuoi fare il patto, mica io."

"Eh no, l'altra sera sul palco ne hai parlato anche tu, hai detto che gli chiederesti di pagarti l'affitto. Era una battuta, lo so, ma adesso dimmi cosa gli chiederesti. Sul serio."

La domanda coglie Zoe alla sprovvista. Ci pensa su, Lorenzo non le stacca gli occhi di dosso. "Di rimettere a posto le cose. Di restituire alle persone ciò che gli è stato portato via."

"Vabbè, significherebbe riscrivere la storia dell'umanità!"

"Certo, lui è il diavolo! È potentissimo, saprà come fare, no?"

"Però non puoi chiedere al diavolo di fare il bene. Non accetterebbe mai."

"Prima era un angelo. Magari se lo ricorda. Magari la mia richiesta lo commuove, e ridiventa angelo."

Lorenzo rimane in silenzio, si immagina lei a colloquio col diavolo. Le lacrime del diavolo... Sarebbe un bel titolo per un film.

"Tocca a te. Che cosa gli chiederesti?"

"Figurati se te lo dico. Secondo te, Robert Johnson aveva detto in giro che sarebbe andato al Crocevia a vendere l'anima al diavolo in cambio del talento?"

Zoe si alza di scatto, lascia sul tavolo una banconota da venti dollari e si avvia veloce verso l'uscita. Lorenzo la segue, quasi si scontra con una signora con in mano un vassoio, affretta il passo per raggiungerla mentre cammina sempre più veloce, chiaramente indispettita. Tenta di starle dietro e intanto la chiama, ma lei lo ignora, apre lo sportello dello Chevy che luccica sotto il sole ed entra.

Lorenzo fa lo stesso e rimangono lì, in silenzio.

"Ehi. Tutto ok?"

"Sì, certo," sibila. "*In giro*," sbuffa.

"Che significa?"

"Andiamo?"

32.

Ci vogliono poco più di tre ore per Baltimora. A bordo dello Chevy regna un silenzio glaciale. Lorenzo guida sulla Interstate 95, la radio suona *Until I found you* di B.B. King, il cielo del New Jersey vira lentamente verso il grigio. Guarda il cruscotto: le levette e le manopole in certi punti sono consumate, lui pensa a tutte le mani che le hanno toccate, alle persone che hanno viaggiato lì dentro negli anni. Chissà quante storie, quante parole hanno occupato quell'abitacolo. Qualche volta saranno state urla, qualcuno avrà sbandato mentre litigava con il passeggero. Un uomo avrà confidato un segreto, seduto su quel sedile, una donna avrà detto di aspettare un bambino. Le macchine sono capsule di emozioni, forse quando ci sali a bordo e inizi a guidarle, un po' di quella roba ti entra sottopelle.

"Perché i granchi? E perché proprio a Baltimora?" chiede Lorenzo tentando un nuovo approccio.

Zoe non risponde.

"Ehi, posso sapere che succede? È da quando siamo usciti dal diner che non dici una parola."

"Sto bene," risponde lei con un'espressione che dice esattamente il contrario.

"Zoe, non capisco che ti è preso."

"*In giro*," dice lei. "Mi hai chiamato così."

"Io? Quando?"

"Prima, hai detto che secondo te Robert Johnson non avrebbe mai raccontato *in giro* il suo patto col diavolo. Quindi, da adesso in poi, il mio soprannome è questo. Piacere, sono In Giro."

"Ma dai, era una battuta... Stavo scherzando, era così, per dire."

"*Per dire*. È perfetto come soprannome. Sta benissimo col mio. Saremo In Giro e Per Dire."

Lorenzo sospira. Fuori dal finestrino, il New Jersey con le sue casette tutte uguali e i filari di alberi non aiuta per niente. Quando supera un pick up arancione con a bordo tre uomini corpulenti dalle barbe lunghe che sembrano essere stati stipati a forza nell'abitacolo, va meglio. Assomigliano agli ZZ Top, pensa. Sarebbe tentato di dirlo a Zoe, un po' per stemperare, un po' per vantarsi di aver trovato una somiglianza con dei musicisti.

"Ti ripeto che stavo scherzando, se vuoi te lo dico cosa chiederei al diavolo..."

"Ma sì, figurati. Non è importante."

"Mi spieghi perché te la sei presa tanto?"

"Perché ti ho sentito improvvisamente ostile, e il tuo comportamento mi ha ricordato delle cose. Non succede solo a te, sai? Anch'io ogni tanto mi perdo tra i pensieri brutti."

"Mi dispiace. Vuoi parlarmene?"

"Niente di che, nessuna tragedia. Persone distratte. Superficiali. Facevano promesse e poi se ne dimenticavano. Ma non è colpa tua, forse la colpa è di Baltimora."

"Che ti ha fatto Baltimora?"

"Mi ricorda mio padre."

Lorenzo ripensa a quell'immagine delle versioni di loro che piano piano si ricongiungono. Ha la sensazione che un passettino lo stiano facendo proprio adesso.

"Non è cattivo. Però mi ha deluso. Mi dispiace doverlo

ammettere, ma è la prima cosa che mi viene in mente quando penso a lui."

"Sei figlia unica?"

"Ho una sorellastra e un fratellastro. Mio padre si è risposato dopo il divorzio da mia madre. Adesso vive in Pennsylvania, non lo vedo da tre anni."

"Cosa ha fatto per deluderti?"

"Promesse. Non mantenute."

Lorenzo si gira verso di lei, senza dire niente.

"Un giorno stavo guardando un documentario, facevano vedere questi granchi blu del Maryland, nella baia di Chesapeake. Intervistavano i pescatori e poi raccontavano come cucinarli. Alla fine si vedevano delle persone che mangiavano quelle polpette pazzesche. Si chiamano crab cake. Sorridevano e si leccavano i baffi, facendo continuamente brindisi con degli enormi boccali di birra... Mia madre stava preparando la cena, mio padre stava facendo dei calcoli, aveva un mucchio di carte sul tavolo. Cambiava continuamente lavoro, ma finiva sempre malissimo."

Lorenzo vorrebbe dire qualcosa, ma ha paura di essere invadente. Eccolo lì, quello rimasto indietro. Ripensa ancora una volta all'immagine dell'inseguimento. Adesso gli sembra che si stiano di nuovo allontanando.

"Insomma, gli chiesi se mi portava a mangiare quelle polpette. Mi disse di sì. 'Ti prometto che prima o poi ci andiamo.' Qualche mese dopo una sera rientrò dal lavoro incazzato, come spesso accadeva. Lui e mia madre si parlavano sempre con un tono orribile, litigavano in continuazione. A un certo punto lui disse qualcosa su un viaggio di lavoro a Baltimora di lì a qualche giorno e mia madre non la prese bene... Ha sempre sospettato che avesse delle storie in giro."

"Le aveva?"

"Una di sicuro, mia madre lo scoprì qualche anno dopo.

Aveva conosciuto una tipa a New Haven, quella per cui poi la lasciò."

Zoe racconta con voce monocorde, rigirandosi intorno al dito una ciocca di capelli.

"Anche a Baltimora aveva qualcuna?"

"Non lo so. So solo che, quando disse di doverci andare per lavoro, controllai sull'atlante dove fosse: ero abbastanza sicura che quei granchi si mangiassero proprio lì, e non mi sbagliavo. Mi aspettavo che mi dicesse qualcosa, che mi chiedesse di accompagnarlo. Lo davo per scontato, già mi immaginavo lì, come i tizi del documentario. Avevo anche già deciso cosa mettere in valigia. Se per caso mi avessero ripreso e poi mandata in onda mentre mangiavo, avrei dovuto essere carina. Invece arrivò il giorno della partenza e niente. Se n'era completamente dimenticato. Ecco, mio padre è un tipo così."

A Lorenzo sembra di vederla, quella ragazzina imbronciata, delusa da una promessa disattesa. Da quel padre sciatto. Se non stesse guidando, la abbraccerebbe. "Tra un po' finalmente li mangerai. Come li cucinano?"

"Preparano queste polpette, oppure ci fanno la zuppa. Ma si possono mangiare anche interi, alla griglia."

"E noi, quali assaggeremo?"

"Ovviamente li prenderemo tutti, Per Dire."

33.

L'alberghetto che hanno scelto è nella zona di Inner Harbor, il vecchio porto, che grazie a una grande riqualificazione è diventato un quartiere alla moda. Sono arrivati a Baltimora verso le quattro del pomeriggio, dopo un viaggio tranquillo in cui hanno parlato a lungo. Dei loro padri, soprattutto. Lorenzo è partito dal ricordo della giornata al mare, che è riaffiorato mentre aspettava Zoe seduto nel diner di Newark. Il rapporto col padre è una ferita mai rimarginata, non ne parla volentieri. Ma con lei gli è venuto spontaneo aprirsi. Lei ha ascoltato senza fare domande, ogni tanto gli accarezzava la gamba.

Il furgone non passa inosservato, quando lo hanno parcheggiato di fronte all'ingresso della piccola struttura qualcuno li ha guardati sorridendo. Lorenzo ha tirato giù i borsoni, Zoe ha preso una delle due chitarre.

Una volta in camera, Lorenzo si butta sul letto senza nemmeno togliersi le scarpe. La stanza è piccola ma accogliente, con le pareti grigie e i mobili scuri. Zoe è in bagno che si lava i denti – canticchia, tra lo spazzolino e l'acqua che scorre non è facile capire cosa.

"Amy Winehouse?" le chiede quando torna in camera.

"Cosa?"

"La canzone che stavi cantando..."

"No! Al Green. Caspita, vado forte..."

"Ma che c'entra, avevi lo spazzolino in bocca. E poi io non sono mai stato bravo a riconoscere le canzoni. Quando provavo a guardare quei programmi dove devi indovinarle dalle prime battute, non ne beccavo una."

"Insomma, tu e la musica siete proprio due pianeti lontanissimi!" gli dice lei beffarda.

"In realtà, se parliamo di gradimento, a me la musica piace. Ma non sono mai stato un esperto, questo è sicuro. Anzi, sai che ti dico? Quasi quasi, approfitterei di te e di questo viaggio!"

"Detto così suona strano..."

"Ma va'! Intendevo dire che potresti diventare la mia insegnante di musica on the road. In ogni posto in cui ci fermiamo mi racconti la storia del musicista più famoso nato o vissuto lì. Come la vedi?"

Zoe ha un'espressione diffidente. Poi la scioglie in un mezzo sorriso. "Si può fare. Solo storia o vuoi che ti insegni anche a suonare? E soprattutto... a cantare?"

"Meglio di no, quello sarebbe tempo perso."

"Guarda che tutti possono cantare, è soltanto questione di tecnica. Nessuno è stonato per sempre. Certo, non è che poi tutti diventano Stevie Wonder, ma tu puoi fare senz'altro di meglio."

Gli fa l'occhiolino, poi gli si stende accanto, una nuvola di profumo accarezza le narici di Lorenzo.

"Allora? Le scopriamo queste carte?"

"Di cosa parli?"

"Delle tappe. Ne mancano quattro, due a testa. Questo è il momento di dichiararsi." Ci pensa un po' su. "Io dico Tryon, Carolina del Nord."

"Sai che non l'ho mai sentita nominare?"

"È un paesino di duemila anime. Probabilmente non lo conosce il novanta per cento degli americani."

"Come mai vuoi andarci?"

Zoe non risponde, si tira su, va a prendere la chitarra e torna a sedersi sul letto a gambe incrociate, la accorda e comincia a suonare. Anche Lorenzo si tira su, le spalle appoggiate alla testiera.

Beat-up little seagull
On a marble stair
Tryin' to find the ocean
Lookin' everywhere
Hard times in the city
In a hard town by the sea
Ain't nowhere to run to
There ain't nothin' here for free.

La canzone ha un ritmo sincopato, quasi reggae. Lorenzo è sicuro di averla già sentita. La voce di Zoe è un graffio sinuoso, lei canta con gli occhi socchiusi.

Oh, Baltimore
Man, it's hard just to live
Oh, Baltimore
Man, it's hard just to live, just to live.

Quando il brano finisce, Lorenzo è senza parole. Applaude, lei gli ferma le mani, imbarazzata.

"Di chi è? La conosco, ma non riesco a mettere a fuoco."

"L'ha scritta Randy Newman, ma io l'ho suonata in un modo che ricorda la versione di Nina Simone."

"Parla di Baltimora..."

"S'intitola proprio così. Racconta quanto può essere difficile vivere in una città che sta morendo. Te l'ho suonata per rispondere alla tua domanda: ora sai perché voglio andare a Tryon."

"Aspetta, mi sono perso. La canzone parla di Baltimora o di Tryon?"

"Di Baltimora. Ma Nina è nata a Tryon, lì c'è la sua statua, al centro di una piazzetta che ha il suo nome. Mi ci porti?"

"Certo. Ma come hai fatto a trovare al volo una canzone che unisse questa tappa e la prossima? Cominci a farmi paura..."

"Tu mi sopravvaluti. È stata una coincidenza, credimi..."

"Forse no. Forse era tutto scritto, ma non soltanto oggi. Dall'inizio. Che tu venissi a suonare davanti al mio ufficio, che io rinunciassi a buttarmi, che scegliessimo questi posti. Che tu ti ricordassi di quel brano... Qualcuno ha scritto una sceneggiatura e ha scelto noi per interpretarla. Con tanto di colonna sonora. Ci sono telecamere ovunque andiamo, ci riprendono. Bisogna fare molta attenzione."

Poi Lorenzo le si avvicina, adesso sono seduti uno di fronte all'altra. Due ragazzi in una camera d'albergo, in attesa di un appuntamento con dei granchi, in ritardo di vent'anni. Lui si sporge e la bacia, ed è come un detonatore.

Un attimo dopo sono uno sull'altra, le gambe che si avvinghiano, le dita che si intrecciano, le bocche che si rendono conto all'improvviso di quanto si fossero mancate nelle ultime ore. Adesso non c'è brutto ricordo che possa rattristarli, non ci sono padri deludenti o aggressivi, non c'è più niente di cui preoccuparsi. C'è soltanto la loro pelle, ci sono i loro odori che si mescolano, i loro sguardi che si incrociano. Loro due, insieme, senza nessuno che possa fargli del male. Non qui, non adesso.

34.

“In ospedale?”

“Sì, capo. Ho avuto un incidente.”

“E la Lincoln?”

Al telefono la voce del Duca Giallo suona ancora più gracchiante. Risponde telegrafico, nulla sembra turbarlo.

“La Lincoln è ok, ero a piedi. Sotto casa dell’italiano. Mi hanno fatto una tac e tenuto un po’ sotto osservazione. Ho un trauma cranico ma posso lavorare, nessun problema.”

“A piedi?”

“Sì. Li stavo inseguendo.”

“Li stavi chi? Con chi era?”

“Con una ragazza.”

“Ma gli hai parlato?”

“Purtroppo no.”

“Ti mando a parlare con un ragazzino italiano e fai casino. Cosa farai quando ti affiderò missioni più difficili?”

Vincent respira rumorosamente nel microfono, il telefono nella mano sinistra e una vistosa fasciatura sulla testa. “Mi... mi dispiace capo.”

“E adesso?”

“Sono sotto casa sua, sono venuto qui stamattina, appena mi hanno dimesso dall’ospedale.”

“Lui si è visto?”

“No, capo. Le finestre sono chiuse.”

“Rimani un po’ lì, e se non torna vai a parlare con il suo amico... hai presente?”

“No, capo.”

“Il giamaicano, quello che era con lui la sera che ha perso. Cercalo. Si chiama Wayne. Dovrebbe abitare da qualche parte a Downtown. Vai da lui e chiedigli se sa dov’è finito il suo amico. Spaventalo, fagli capire che, se non si fa trovare, i soldi ce li dovrà dare lui. Hai sentito, Vincent?”

“Ho sentito, capo.”

35.

Un panama. Lorenzo lo ha acquistato per dieci dollari in uno dei mille negozietti di Fell's Point e lo ha indossato subito. Ci va in giro con una certa fierezza, si sente leggero come non gli succedeva da anni; lo considera l'accessorio perfetto per completare l'abbigliamento piuttosto informale col quale è uscito dall'albergo: bermuda blu, sneakers e una camicia a fiori. La serata di Baltimora è calda, e la passione a cui si sono abbandonati in camera, insieme alla prospettiva della cena a base di granchio, dà a entrambi la sensazione di essere in vacanza. Nessuno dei due sta minimamente pensando allo scopo del viaggio, a quello che dovranno fare di lì a qualche giorno, tantomeno a tutto il resto – alle loro vite, ai problemi, a quello che si sono lasciati alle spalle. New York sembra lontanissima, adesso. Pure Zoe si è messa comoda, ma lui non può fare a meno di notare come anche in questa versione conservi tutto il suo fascino. Indossa dei pantaloni ampi in lino bianco, sandali con la suola di corda, una canotta arancione e una fascia sulla fronte, bianca come i pantaloni.

Scelgono un bar vista mare, chiedono un tavolo e ordinano due birre medie.

"Da bambina volevo fare la cameriera," racconta Zoe. "Pensavo che fosse il più bel lavoro del mondo. Una volta, in un diner, un mio zio del Queens, l'unico nella mia famiglia ad aver fatto un po' di soldi, ha dato una mancia di cinquanta dollari a una ragazza e io ho pensato che fosse il modo migliore per diventare ricchi."

Lorenzo scoppia a ridere. "Tipo me col benzinaio! Vedevo che aveva sempre delle mazzette di banconote, e allora avevo deciso che anch'io da grande avrei fatto quel lavoro." Si ferma a pensare. "Che poi sarebbe stato indubbiamente più utile e onesto di quello che ho scelto."

Zoe si guarda intorno.

"Baltimora era diversa fino a non molto tempo fa, diciamo fino a metà degli anni settanta. C'era un tasso di omicidi altissimo, anche per gli Stati Uniti. Poi, quando hanno avviato un grande progetto di riqualificazione, hanno iniziato ad andarci giù pesante: arresti a tappeto, forze dell'ordine ovunque..."

"È diventata un posto tranquillo?"

"Tranquillo magari no, o non dappertutto, ma ha cambiato volto."

"Buffo, però, che siamo qui per una promessa non mantenuta," dice Lorenzo dopo aver bevuto un sorso di birra. La sente scorrere giù per la gola e pensa che non beveva da tre giorni, un record per lui... Un po' gli fa piacere e un po' lo inquieta. È tentato di lasciarla lì e di ordinare una Coca, ma desiste. Sarà un test, pensa mentre appoggia il boccale sul tavolino.

"Sì, se mio padre mi avesse portato qui vent'anni fa, forse ora saremmo da un'altra parte."

"Se entri nel loop delle sliding doors vai fuori di testa. Io, per esempio, non credo che sarei salito su quel cornicione se mio padre non fosse stato così stronzo."

Di colpo si incupiscono. Rimangono in silenzio, a guardare il viavai delle persone.

"Non riesci proprio a perdonarlo."

"No. Non credo che lo farò mai." Lorenzo scuote la testa,

poi ci ripensa. “Però con un padre meno stronzo non ti avrei conosciuta, perché magari tu avresti comunque suonato lì sotto, ma io, che ne so, forse sarei stato in riunione con le finestre chiuse e non avrei mai sentito la tua musica, e ora non saremmo qui, oggi pomeriggio non mi avresti fatto ascoltare quella canzone pazzesca e non avremmo fatto l’amore. In conclusione, propongo un brindisi alla stronzaggine di mio padre, che stasera ci ha portati qui, a Baltimora!”

I boccali si toccano, a celebrare chiacchiere e sorrisi.

Poi Lorenzo controlla l’ora e si accorge che è tempo di andare verso quei granchi che li stanno aspettando: dopo tutti gli anni che sono passati, non ha nessuna intenzione di far arrivare Zoe in ritardo. Si alzano e si avviano a passo spedito, attraversando la folla che entra ed esce dai negozietti e dai localini che animano Fell’s Point. Pur essendo lunedì c’è tantissima gente in giro, un’atmosfera frizzante e insieme rilassata che sembra preannunciare l’imminente arrivo dell’estate.

Lorenzo cerca la mano di Zoe, le dita si intrecciano, la complicità è sempre più forte.

Arrivati al locale, vengono accompagnati al loro tavolo. Un’occhiata al menu e sono pronti a ordinare: come promesso, granchi in tutte le versioni. Zoe è eccitata all’idea di vivere un’esperienza che aspettava da vent’anni.

“E quindi?” le dice Lorenzo, felice nel vederla così. “Non è che adesso i granchi ti hanno fatto dimenticare il nostro corso di storia della musica? Io voglio iniziare subito. Avanti, chi abbiamo a Baltimora?”

“Be’,” dice Zoe con un largo sorriso, “da queste parti ha vissuto una delle più grandi cantanti della storia: Billie Holiday.”

“Ma Billie Holiday la conosco perfino io!” Lorenzo ha l’aria molto soddisfatta.

“Inizialmente si credeva fosse addirittura nata qui, poi si è scoperto che era di Filadelfia: si era trasferita a Baltimora da piccola. Ha avuto una vita davvero tragica, lo sapevi? Partiamo dal fatto che la madre l'ha avuta da un musicista che le dice subito di non volerne sapere nulla, che non le darà un dollaro per mantenerla, e così la molla ai nonni e a una sua cugina, una stronza tremenda che la tratta malissimo."

"Bella famiglia! Forse addirittura peggiore della mia..."

"Pensa che, oltretutto, il problema del razzismo per lei era doppio. Era una donna nera – e già questo sarebbe bastato a fare della sua vita un inferno –, in più aveva una bisnonna mulatta, nata in Virginia, mi pare, da una donna africana e dall'uomo bianco del quale era schiava. Quindi, oltre a essere discriminata dai bianchi, non stava molto simpatica nemmeno ai neri. Insomma, troppo nera per i bianchi e troppo bianca per i neri."

"Rifiutata da tutti..."

"Proprio così. Quando è molto piccola viene violentata, denuncia lo stupratore ma non serve a niente. Chi vuoi che creda a una ragazzina nera negli anni venti in America? Infatti, la spediscono in riformatorio per adescamento."

"Adescamento? Ma scusa, quanti anni aveva?"

"Undici o dodici."

"Che bastardi!"

Zoe scrolla le spalle. "Quando esce dal riformatorio raggiunge la madre a New York, e lei pensa bene di mandarla a prostituirsi in un bordello di Harlem."

"Ripeto: che famiglia meravigliosa..."

"Per arrotondare comincia a lavare gli ingressi delle case del quartiere, compreso quello del bordello in cui lavora: dalla tenutaria non vuole soldi, chiede solo di poter usare il grammofono del salotto. E lì la sua vita cambia per sempre, perché ascolta per la prima volta i dischi di Bessie Smith e Louis Armstrong, e decide che, se al mondo c'è qualcuno capace di cantare e suonare in quel modo, allora forse vale la pena di andare avanti."

Un cameriere arriva con la prima portata: lo sguardo di

Zoe si illumina alla vista delle mitiche crab cake. Lorenzo le riempie il piatto e poi si serve. La bambina imbronciata che aveva atteso invano di partire col papà sembra finalmente pacificata.

"Dunque, la nostra Billie, che a questo punto aveva tredici o quattordici anni, passa le giornate a intrattenere uomini e lavare pavimenti, ma la sera accende il grammofono e si perde in quella musica meravigliosa. Te la immagini lì, col secchio e lo straccio appoggiati in un angolo, che balla e canta sognando di diventare brava come quelli che ascolta?"

"Mi sembra di vederla. È un'immagine triste, ma anche molto poetica."

"Purtroppo la poesia finisce presto. Un giorno, la polizia scopre quello che accade lì dentro e..."

Lorenzo si ferma con un pezzo di polpetta di granchio a mezz'aria, gli occhi spalancati ad aspettare che Zoe riprenda.

"...e torna di nuovo in riformatorio."

Riappoggia la forchetta sul piatto senza mangiare il boccone.

"Quando esce non vuole tornare a prostituirsi, e allora sai che fa?"

"Scappa? Sarebbe il minimo. Avrebbe dovuto farlo già due o tre episodi fa..."

"Purtroppo non è una serie tv, è successo davvero. Comunque, per nostra fortuna, Billie invece ha un'idea diversa: si presenta a un provino come ballerina. Non è agilissima, infatti i tizi che la esaminano stanno per dirle di andarsene, ma lei si mette a cantare e... wow! Rimangono a bocca aperta. La prendono immediatamente e comincia a esibirsi nei club di Harlem. È qui che iniziano a chiamarla Lady."

"Da dove arriva questo soprannome?"

"Sono le sue colleghe a inventarlo, perché è l'unica a rifiutare le banconote che gli uomini tentano di metterle nella camicetta o tra le cosce. In quel periodo è normale, ma a lei non va, perché il suo corpo lo ha venduto sul serio, e non vuole per nessun motivo tornare indietro a quel passato. Ma è anche un gesto politico, lo fa per affermare che nessuno dovrebbe prendersi delle libertà col corpo delle donne. Fatto da una donna nera, ad Harlem, nel 1932... ti rendi conto?"

Lorenzo è sempre più coinvolto dal racconto di Zoe. Ripensa alla prima volta che l'ha vista davanti al pubblico, la sera che ha parlato di Robert Johnson.

"Sono buonissime," commenta intanto lei a bocca piena.

"Pazzesche, davvero. Valeva la pena aspettare. Non le avevo mai mangiate. Cioè, i granchi sì, ma non questi e non cucinati così. Una volta li ho visti preparare in uno di quei programmi di cucina in tv."

"A me non piacciono quegli show: odio quando c'è un taglio e poi ritornano col piatto già quasi pronto. Mi sento imbrogliata!"

"Vabbè, ma se fosse in tempo reale durerebbe tre ore..."

"Almeno sarebbe più sincero."

"Ma non divaghi, professoressa: torniamo a Billie. Eravamo rimasti a lei che comincia a esibirsi ad Harlem."

"Ah, giusto. Allora, in quel club viene notata da un produttore, che le fa incidere i primi dischi e le procura ingaggi nei locali di New York e in giro per il Paese. È una delle prime artiste nere a esibirsi insieme a musicisti bianchi, solo che deve raggiungerli direttamente sul palco, perché può accedere al locale soltanto per cantare. Quei posti sono per i bianchi."

"E anche se è di turno deve comunque rispettare la regola?"

"Certo. Ma per lei cantare è talmente importante che se ne frega. Si presenta sul palco con una gardenia bianca tra i capelli, e tutti restano estasiati dalla sua voce. Quando canta, ti senti fortunato per il solo fatto di essere lì ad ascoltarla."

Zoe si illanguidisce, socchiude gli occhi e muove le mani per sottolineare il concetto. Sembra emozionata, come se stesse sotto il palco di uno di quei locali ad ascoltare Billie. "Adesso arriva la parte più intensa. Che poi è anche la più triste. Hai mai ascoltato *Strange fruit*? No? Be', ha un testo molto duro. Lo strano frutto del titolo è il corpo di un nero ucciso dai bianchi e appeso a un ramo. Cantato da una donna nera in America negli anni trenta è semplicemente impensabile."

Lorenzo annuisce. "Se ancora oggi uno sportivo che si inginocchia per la causa fa notizia, figuriamoci allora."

"Infatti viene fuori un casino, a molti quel pezzo non piace. Tra loro c'è un agente della Narcotici, un tizio tremendo del quale dimentico sempre il nome, credo che il mio cervello si rifiuti di registrarlo. Odia così tanto Billie e quella canzone che riesce a impedirle di cantarla in pubblico e poi, non contento, inizia a farla pedinare."

"Vabbè, ma che cazzo! Una persecuzione!"

"Una sera la beccano mentre compra dell'eroina e la mandano in carcere. Ma lei non si arrende, e quando esce ritorna a cantare e a incidere dischi, fa tournée in tutta l'America e anche in Europa. Ormai è una star."

"Fine della storia? Riscatto delle ingiustizie?"

"Purtroppo, no: continua a registrare canzoni e a esibirsi, ma è sempre più tormentata, beve e continua con l'eroina, finché non si ammala di cirrosi epatica. Una sera si sente male, e quando arrivano a soccorrerla le trovano in casa della droga. A quel punto, lo stesso sciacallo che la perseguitava anni prima fa piantonare la stanza di ospedale in cui è ricoverata, chiede ai medici di interrompere il metadone che le somministravano e la fa ammanettare al letto. Proibisce anche le visite. Billie non uscirà viva da quella stanza."

Arriva il cameriere e appoggia sul tavolo l'ultima portata. "Ecco i vostri granchi alla griglia."

"Posso fare una domanda, professoressa?" chiede Lorenzo alzando il dito, proprio come a scuola. "Serve davvero tutto questo dolore per cantare così?"

"Domanda interessante. Diciamo che se soffri devi trovare un modo per elaborare il dolore."

"È quello che mi dicevi a proposito del blues. La psicanalisi dei poveri..."

"Sì, ma non vale solo per il blues. Con la musica, con l'arte in generale, si può riscattare una vita complicata, ci si può tirare fuori da un inferno. Non c'è bisogno di passare quello che ha passato Billie, eh? Basta non sentirsi accettati, non riuscire a esprimersi. Poi però ci vuole il talento, e quella è una questione di DNA. Sennò sarebbero tutti Billie Holiday."

"E tu?"

"Io cosa?"

"Suoneresti anche se questi granchi li avessi mangiati da bambina?"

"Ancora sliding doors?" Zoe la butta sul ridere: "Non lo sapremo mai. Credo che suonerei comunque, forse sarei solo un po' più in carne".

36.

La sala è piena. Molto più di quanto Zoe avrebbe immaginato. Anzi, a dirla tutta, quando scosta i lembi del sipario per sbirciare, spera con tutta l'anima di vedere una distesa di sedie vuote. Invece sembra che mezza Spanish Harlem sia venuta ad ascoltare lei e la sua chitarra. Sente l'ansia morderle lo stomaco, e non va molto meglio quando scorge i volti dei suoi genitori: sono in terza fila, seduti accanto ma distanti anni luce, come quasi sempre. Ognuno guarda in una direzione diversa, e niente nella loro postura lascia intendere anche lontanamente una qualche forma di complicità.

L'unico sguardo che Zoe vorrebbe incrociare è quello di suo nonno, ma sa benissimo che non succederà: sono anni che lo hanno messo in quella casa di riposo a New Orleans, e non è passata settimana senza che lei abbia chiesto ai suoi di sentirlo. Durante l'ultima telefonata gli ha parlato del saggio della scuola; lui le ha detto con la sua voce rauca di non preoccuparsi, perché tanto "riccioletta, li stenderai tutti".

Gli occhi di Zoe tornano sul padre, sembra distratto, in ansia per qualcosa. Fa sempre così, lui, sempre concentrato sui suoi affari, quelli di cui blatera di continuo con la moglie, e che risolveranno finalmente i loro problemi, come quando diceva che "stavolta con le bilance di precisione svolteremo, non come con quei maledetti aspirapolvere, che la gente ha comprato ma poi ha smesso di pagare a rate, e che cosa posso farci io se la compagnia mi ha chiesto i tredicimila dollari che mancano dal conteggio?". In quei giorni le litigate erano state più lunghe e più furiose del solito, con Zoe che alzava a palla il volume delle cuffie per non sentirli, e al mattino durante la colazione vedeva lo sguardo di sua madre perso nel vuoto, "che cosa sta succedendo?" le chiedeva, e lei rispondeva "tutto ok, papà ha avuto un problema al lavoro ma sta risolvendo, io farò qualche turno in più al call center e tutto andrà a posto".

Peccato che nemmeno le bilance avrebbero aggiustato i conti della famiglia e salvato quel matrimonio, e così alla fine sua madre e suo padre si erano separati: Nina era andata a vivere con Zoe in un appartamento più piccolo e Marvin si era trasferito in Pennsylvania. Da allora si sono visti solo tre volte, l'ultima delle quali il giorno del saggio: Nina ha detto a Zoe che suo padre non se lo sarebbe perso per niente al mondo, ma la verità è che dovevano vedersi per firmare le carte del divorzio, dunque lui è capitato a New York proprio in quella data per puro caso.

L'esibizione di Zoe è prevista verso metà serata, preceduta da un balletto sulle note di *You are not alone* di Michael Jackson. Le cinque ragazze che avrebbero ballato avevano chiesto anche a lei di partecipare, ma Zoe aveva risposto che preferiva suonare un pezzo da sola, salvo poi pentirsene nel momento esatto in cui il professore le aveva accordato il permesso. Ma ha provato l'esibizione decine di volte, e, per quanto il suo pessimismo preadolescenziale la spingesse a trovarsi orribile, ha dovuto ammettere di non essere affatto male.

Adesso, sbirciando tra due ali di velluto, guarda tutta quella gente e trema all'idea di doverlo fare davvero.

Dopo circa un'ora dall'inizio dello spettacolo, raggomitolata in un angolo, quasi nascosta dietro la chitarra, Zoe sente la voce della preside annunciare il balletto, e non appena parte la musica, comincia a digrignare i denti, il respiro sempre più affannoso e gli occhi sbarrati.

"Tra quattro minuti tocca a te, piccola!" La signora Houston, una delle bidelle, è stata nominata coordinatrice del retropalco. Zoe la adora, si sente confortata dalla sua presenza. "Avvicinati all'ingresso del palco... Stai bene? Cos'è quella faccia?... Stai tranquilla, alle prove eri una bomba. Dai, vieni."

Un po' rinfrancata, si avvicina alle scale che portano al palco, ma mentre *You are not alone* sfuma e parte l'applauso col quale il pubblico sta congedando le ragazze, d'improvviso crede di svenire.

"Bene, ancora un applauso alle nostre bravissime ballerine, manderemo il video a Michael Jackson e chissà... magari l'anno prossimo lo avremo ospite qui alla Smitherson. Adesso tocca a una chitarrista e cantante che ci proporrà una meravigliosa canzone di Tracy Chapman. Vi chiedo un incoraggiamento particolare, perché è l'unica tra i nostri studenti a esibirsi da sola. O meglio, non sarà proprio sola, l'accompagnerà la sua chitarra. Con *Baby, can I hold you*, ecco a voi... Zoe Harris!"

Zoe raggiunge tra gli applausi il centro del palco, poi un silenzio assoluto, rotto solo dal suo "ehm-ehm" mentre si siede sullo sgabello, e dallo scatto del microfono quando lo inclina per avvicinarselo alla bocca. Ha deciso di non guardare verso la platea e così, dopo un respiro profondo, comincia a suonare a testa bassa un giro di chitarra dolce e malinconico, gli occhi fissi sulle dita che toccano le corde.

Le sente intorpidite dall'ansia, in più la totale assenza di salivazione rende la sua bocca secchissima. No, così non ce la farà mai. Si ferma, chiede scusa e beve un sorso dalla bottiglietta d'acqua che si era portata sul palco, rovesciandosene un bel po' addosso. Così si ritrova sotto il riflettore con la camicetta bagnata, e duecento persone che la fissano in silenzio. Proprio allora sua madre, perfino più tesa di lei, le viene in soccorso battendo le mani, subito imitata dal resto della platea; quando Zoe sente quell'applauso, molto più forte del precedente, accade qualcosa che non avrebbe mai dimenticato: tutta la tensione che la paralizzava si trasforma in un'energia inarrestabile, all'improvviso quello stesso sgabello, solo un minuto prima rovente e scomodissimo, è diventato il suo posto nel mondo.

Fa un altro respiro lungo e profondo, guarda dritto davanti a sé e, con l'immagine di suo nonno impresso nella mente, ricomincia a suonare.

Sorry
Is all that you can't say
Years gone by and still
Words don't come easily
Like sorry, like sorry.

Adesso sembra che le pareti del teatro si allarghino e il soffitto si innalzi, si sente leggerissima, travolta da tutta quella bellezza che la solleva e la fa planare oltre il soffitto, fuori, per strada, nel cielo di New York, lei e la sua chitarra, le sue mani e la sua voce come ali potentissime che la spingono sempre più in alto, lontano da tutto.

Alla fine della canzone parte un applauso assordante, e lei fa un sorriso così grande da avere l'impressione che il suo viso non ce la farà a contenerlo tutto, si alza, fa un inchino portandosi le mani al petto e, mentre si accendono le luci, finalmente guarda il pubblico. Non ha più paura.

In mezzo alla folla cerca il volto dei suoi genitori, ci mette un po' ma alla fine riconosce sua madre, che, in piedi, applaude e grida il suo nome. Accanto a lei, un posto vuoto: il sorriso di Zoe si spegne. Probabilmente, si dice, hanno litigato, e lui se n'è andato, come fa sempre, come a cena, quando lui comincia a urlare e poi esce per tornare a notte fonda. Non avrà sentito nulla, si dice mentre gli occhi le diventano lucidi. È triste, ma dura un secondo: la gente continua ad applaudire, e in quel momento, asciugandosi le lacrime, le torna in mente ancora suo nonno, e lei si rende conto che, per quanto la sua vita sia stata complicata e forse continuerà a esserlo, potrà sempre contare sulla musica, la sua più grande fortuna, qualcosa che niente e nessuno riuscirà mai a portarle via.

37.

The trail of tears, il sentiero delle lacrime. È passato alla storia con questo nome l'insieme di migrazioni forzate, tra il 1830 e il 1850, di decine di migliaia di nativi americani dalle terre che occupavano nel Sudest degli Stati Uniti verso i territori a ovest del Mississippi. Una vera e propria deportazione di massa, decisa e imposta dal governo americano, desideroso di prendersi quella parte del Paese; costò la vita a migliaia di uomini e donne, morti di stenti o di malattia durante il viaggio.

I Cherokee, una delle cosiddette Cinque Tribù Civilizzate, vivevano nella Carolina del Nord. La loro economia era fiorente, e avevano persino un alfabeto. Quando gli fu imposto di andarsene, cercarono di opporsi in ogni modo, comprese le vie legali: la Corte Suprema accolse le loro richieste, ma il governo non cambiò idea e alla fine dovettero lasciare le loro terre. Molti non arrivarono mai, altri invece nemmeno partirono, preferendo nascondersi tra le montagne piuttosto che accettare la crudele imposizione del governo.

Zoe sta guidando lo Chevy sulla Route 340 in direzione ovest. Sono partiti presto, sotto una pioggia sottile. Alla prima pompa di benzina si fermeranno per fare colazione e rifornimento. Oggi è Lorenzo a raccontare, perché i nativi americani hanno a che fare con la prima delle sue tre tappe. Dopo la cena a Fell's Point hanno passeggiato a lungo, costeggiando i dehors, fermandosi davanti a qualche ambulante che vendeva paccottiglia per turisti. Seduti a un chiringuito per il bicchiere della staffa, Zoe ha chiesto a Lorenzo se per caso avesse deciso dove andare e lui l'ha colta di sorpresa. Non soltanto per la risposta prontissima e circostanziata – "Vorrei visitare le Great Smoky Mountains, tra la Carolina del Nord e il Tennessee, dove i Cherokee si sono nascosti e hanno organizzato la resistenza quando li hanno mandati via" –, ma anche perché non immaginava che fosse interessato alla storia dei nativi americani.

Lorenzo le racconta di aver letto un libro sull'argomento. "Mi emoziona l'idea di passare qualche ora nei luoghi dove viveva quella gente. Uomini e donne che hanno preferito la clandestinità piuttosto che arrendersi all'ingiustizia. E poi, dalle foto, i paesaggi sembrano stupefacenti."

"Ne parli con un tale trasporto che ormai anch'io non vedo l'ora. Però credo sia meglio non avere fretta."

"Sì, la strada è lunga. Dobbiamo inventarci qualcosa."

"Idee?" chiede Zoe.

"Una sì, veramente... Il mio corso di musica."

"Oddio, ti sei fissato."

"Ma scusa, quando mi ricapita più?"

"In realtà stamattina, mentre impostavo il navigatore, mi è venuta in mente una cosa di cui avrei potuto parlarti... Il Piedmont Blues."

"Vedi che ormai sei entrata nel ruolo?"

"Il Piedmont," comincia Zoe, "è una regione che va... credo dal New Jersey fino all'Alabama. Gran parte è nel territorio della Carolina del Nord, dove siamo diretti noi."

"Lo sai che in Italia c'è una regione che si chiama Piemonte? Chissà se esiste un collegamento." Lorenzo cerca il telefono per controllare, non lo trova. Non è in tasca, e nemmeno nel cassetto del cruscotto. Guarda sotto i sedili, contorcendosi in un modo che fa sorridere Zoe. Che strano non sapere dov'è il telefono e non farsi venire l'ansia per questo, pensa quando finalmente lo ritrova, sepolto sotto la borsa di Zoe, sul divanetto posteriore. Quando lavorava, il cellulare era un prolungamento del suo braccio; da quando conosce Zoe, invece, lo usa pochissimo, e lo stesso fa lei. A vederli, tra questo utilizzo limitatissimo dei telefoni e il furgone col quale vanno in giro, potrebbero essere due che vivono nel 1993.

Non è solo la sua nuova vita on the road ad averlo allontanato dalle vecchie abitudini: prima della partenza ha cambiato numero, rendersi irreperibile era il minimo che potesse fare, vista la situazione con il Duca Giallo. Se anche qualcuno dovesse cercarlo, dunque, non lo troverebbe. Nemmeno i suoi genitori, ignari del licenziamento, del pericolo che corre, e ovviamente del viaggio. Non che si sentissero spesso, in particolare col padre. Con la madre una telefonata ogni tanto, di norma molto rapida. Ma di recente le comunicazioni si erano ulteriormente diradate, l'ultima volta che lei lo aveva chiamato non aveva risposto. Del resto, il suo progetto suicida non era certo qualcosa da condividere chiacchierando del più e del meno. Forse lo stanno cercando, magari avranno contattato il suo ufficio. La cosa gli dà un po' di angoscia, ma non ha nessuna voglia di porsi il problema; cerca di allontanare quel pensiero, e con sua grande sorpresa ci riesce.

"Allora... qui c'è scritto che il nome è ispirato proprio a quello della regione italiana, perché sia il Piemonte italiano sia quello americano sorgono ai piedi delle montagne."

"Vedi che imparo qualcosa anch'io?"

"Comunque, credo che quando torneremo da questo viaggio dovresti seriamente considerare l'idea di un podcast in cui racconti la storia del blues. Non ci hai mai pensato?"

Zoe ride buttando la testa all'indietro, come se la trovasse una battuta divertente. "Figurati, un podcast! Torniamo al nostro Piedmont Blues, che è meglio! Allora," riprende tutta seria, "nel Piemonte – quello americano, intendo –, negli anni venti si diffuse una variante del classico blues del Delta del Mississippi, che poi è la versione più tradizionale... per intenderci, quella della tua nuova ossessione, Robert Johnson."

"Il mio idolo, ormai."

"Nel Piedmont Blues si usa una tecnica chiamata *fingerpicking*. È un modo completamente diverso di toccare le corde, pizzicandole e usando anche il pollice, come si fa nel *ragtime*."

"Ecco, questo non l'ho mai neppure sentito nominare. Rispetto a te sono un analfabeta musicale."

"Ma che c'entra? Ognuno conosce le cose che ha studiato: se tu provassi a interrogarmi sui titoli azionari..."

"Grazie, apprezzo molto questo tentativo di farmi sentire meno ignorante."

Zoe cerca un modo per chiarire il concetto. "Hai presente quando nei film western si vede il classico locale col pianista?"

"Quello con la scritta NON SPARATE SUL PIANISTA?"

"Esatto. Ecco, in genere la musica che suona è il ragtime. Il Piedmont Blues si ispira a quel mondo e questo dà ai brani un andamento molto diverso, un suono più vicino al country e al folk."

"Mi sento come quando la mia prof di chimica spiegava le reazioni di ossido-riduzione e io chiedevo di uscire per andare in bagno," ridacchia Lorenzo.

"Ah, grazie!"

"No, aspetta, scherzavo! Era per dire che io sono un asino, non che tu sei noiosa."

Zoe guida in silenzio, le mani sul volante e lo sguardo fisso sulla strada.

"Dai, Zoe. Adesso di nuovo non mi parli più?"

Lei rallenta, senza dire niente mette la freccia e si ferma in uno spiazzo davanti a un caseggiato scuro, un diner fatiscente nel quale sembra non entri nessuno da secoli. Come se fosse la cosa più normale del mondo, scende e prende il banjo dal bagagliaio. È sceso anche Lorenzo, si appoggia alla fiancata dello Chevy vicino a lei che sta accordando lo strumento. Poi Zoe inizia a suonare, e a lui sembra di entrare in un film.

Ha smesso di piovere, c'è quell'odore umido che arriva dopo la pioggia estiva, un refolo di vento caldo, un insetto le ronza intorno e lei lo scaccia con un gesto della mano. Intorno, il paesaggio desolato di quello scorcio di Virginia che all'improvviso si accende di una luce nuova. Sta suonando una canzone dolce e malinconica, sembra arrivare da un altro tempo. Lorenzo è ipnotizzato dalla sicurezza e dall'eleganza con cui le mani di Zoe toccano le corde: osserva le dita e, per quanto ne sa, gli sembra proprio che stia usando la tecnica di cui gli ha appena parlato. Poi il suo sguardo sale e si concentra sul viso di Zoe, le labbra che si muovono in piccole smorfie per accompagnare i passaggi del brano, la testa che ondeggia per seguire il ritmo, il suo piede destro che batte il tempo contro la gomma del furgone.

Quando finisce la applaude emozionato, ma con sua grande sorpresa c'è qualcun altro che applaude insieme a lui: si gira e si accorge che tre ragazzi si sono fermati ad ascoltare uscendo dal bagno esterno del locale.

Zoe accenna un inchino, poi rimette il banjo nel bagagliaio e, preso per mano Lorenzo, lo guida verso l'ingresso del diner. "*One dime blues.*"

"È il titolo?"

"Sì. È un pezzo di Etta Baker, una delle artiste più importanti del Piedmont Blues, mezza afroamericana e mezza nativa. Credo sia morta da queste parti. Mi sembrava il posto giusto per farti sentire questo pezzo."

Apre la porta, ma lui rimane fermo a guardarla, due metri più indietro.

"Che fai, non entri?"

"Fossi in te, a quel podcast ci penserei."

38.

Sono arrivati a Cherokee, la città all'ingresso del Great Smoky Mountains National Park, nel primo pomeriggio, dopo un lungo viaggio con una sola sosta tra la Virginia e la Carolina del Nord. Ha guidato quasi sempre Zoe, che infatti si stiracchia, rendendosi conto soltanto adesso di quanto sia stanca. Una volta raggiunta l'area delle grandi montagne hanno fatto diverse tappe, una alla maestosa cascata di Mingo, dove hanno chiesto a un turista di scattare loro la prima foto insieme da quando si conoscono (tutti e due odiano i selfie). Nel riguardarla, si sono confessati che è da quando sono partiti che si sentono due clandestini – un po' per la situazione di Lorenzo, un po' per quello che stanno andando a fare.

Superata la cascata, hanno camminato lungo un sentiero segnalato nel libro letto da Lorenzo, che durante la passeggiata ha continuato a raccontarle dei Cherokee.

Si sono fermati in una piazzola, attirati da un cartello con la scritta VIEW POINT, e in effetti valeva la pena di fare una sosta, il panorama è sensazionale: il tramonto di un arancio infuocato, le montagne che in lontananza si tingono di un incredibile blu-violetto e due quinte di alberi ai lati, a fare quasi da sipario a quello spettacolo mozzafiato. Lo ammirano in rispettoso silenzio.

Zoe osserva il profilo di Lorenzo che si staglia sullo sfondo della natura incontaminata. Lo ha trovato bello fin dalla prima volta che lo ha visto, quando le si è parato davanti, inquieto e stropicciato. Adesso pensa alla bellezza della loro intimità, alla fortuna di avere accanto qualcuno con cui concedersi l'impagabile lusso di condividere il silenzio senza disagio, senza bisogno di riempirlo di parole superflue.

Ripensa a *Enjoy the silence* dei Depeche Mode, a quanto il testo di quella canzone sia perfetto nel descrivere quella sensazione. L'hanno ascoltata alla radio durante il tragitto, Lorenzo le ha detto che sono uno dei suoi gruppi preferiti, "sono sicuro che invece a te non piacciono". E invece no, "perché le loro canzoni, spogliate dell'arrangiamento, hanno una struttura molto vicina al blues". L'arrangiamento di un brano è come un vestito, gli ha spiegato, può farlo apparire più elegante o più sportivo, ma quello che c'è sotto, il corpo, rimane, e si vede appena togli il vestito. "E comunque *Enjoy the silence* è un capolavoro," ha concluso, "per l'atmosfera e per il testo. È importante il silenzio, per i musicisti. Solo chi lo rispetta, chi sa goderselo fino in fondo, può assumersi la responsabilità di violarlo, di colmarlo di suono."

Tra lei e Lorenzo fin qui è stato tutto perfetto, il pieno dei mille discorsi, il vuoto dei silenzi, come adesso davanti a quelle montagne, il battere e il levare, gli assolo e i cori, la malinconia e le risate senza freni. Il succedersi fluido e naturale di tutte queste cose.

Dopo un po', è Lorenzo a riprendere il dialogo: "Ma te l'immagini come ci si può sentire quando vivi in un posto del genere e all'improvviso ti dicono che te ne devi andare? Come si fa a sopportare un'ingiustizia così grande?".

"I nativi sono stati solo i primi, poi è toccato ad altri. Alla mia gente, per esempio. La storia di questo Paese a volte mi fa vergognare."

“Ti capita di sentirti responsabile per gli errori dei tuoi antenati?”

“Sì, e mi fa stare male. Ma al tempo stesso mi fa sentire impotente, perché mi rendo conto che posso solo cercare di essere migliore di loro. Non sempre ci riesco, a volte è già complicato perdonarsi per il proprio passato.”

Restano di nuovo in silenzio, la luce adesso è leggermente cambiata.

“Come stai?” La domanda di Zoe non ha nulla di generico, è evidente.

“È strano,” risponde Lorenzo senza guardarla. “Da quando ci sei tu è cambiato tutto, mi sembra di vivere in un’altra dimensione. I pensieri, soprattutto: riesco a gestirli, a non farmi sopraffare. Certo, ho ancora dei momenti di ansia... però passa in fretta, è questa la novità, e dopo mi sento forte, sereno.”

Zoe gli prende la mano senza dire niente. Lorenzo continua a raccontarle, adesso un po’ confusamente, della paura che ogni tanto lo assale di ripiombare di nuovo nell’angoscia più nera. “Mi sembra impossibile esserne uscito per sempre, troppo bello per essere vero. Ma se è davvero così,” aggiunge posandole un bacio sul palmo della mano, “allora sei un angelo. Un angelo caduto dal cielo, come quello della canzone.”

Lei ha l’aria perplessa, lui ride: “Be’, una volta tanto sei tu a non conoscere un pezzo, ma in effetti non potresti: è una canzone italiana, non è famosa all’estero”.

“Devi farmela sentire. Magari imparo a cantarla, in italiano.”

“E tu come stai?”

“È strano anche per me.”

“Strano brutto o strano bello?”

“Strano... nuovo. Credo di capire cosa intendi quando parli di un’altra dimensione. Oggi, per esempio, guidavo e guardavo fuori, mi godevo il paesaggio. All’improvviso mi è venuto in mente il locale, mi sembrava di averci suonato l’ultima volta un anno fa.”

"A proposito, volevo chiedertelo da un po': come hai fatto con quelli del Downtown?"

"Niente, ho semplicemente comunicato che sarei mancata per qualche giorno."

"Non hai un contratto, qualcosa che ti lega a loro?"

"In realtà no, negli ultimi tempi ho chiesto di poter confermare la mia presenza di due settimane in due settimane, loro hanno fatto un po' di storie ma alla fine hanno accettato."

Lorenzo scrolla le spalle. "Non vorrei mai essere nei loro panni. Chi ti sostituirà? L'altro gruppo che suona?"

"Credo di sì..."

"Ecco."

"Cosa?"

"Loro non sono te. Cioè, non che siano scarsi, intendiamoci. Sono... sufficienti. Fanno il compitino, onestamente. Ma non hanno anima."

Zoe minimizza. "Ma figurati. Hanno molta più esperienza di me."

"E chi se ne frega? L'esperienza serve nel mio lavoro, non nel tuo. Cioè, non dico che non serva affatto, ma quando torni da un concerto e un tuo amico ti chiede com'è stato, non rispondi 'bellissimo, il gruppo aveva una grande esperienza'. Tu quel palco lo riempi, diventa casa tua quando ci suoni. Loro invece sembrano in affitto, come quando entri in un appartamento e non appendi nemmeno un quadro, perché sai che prima o poi te ne andrai."

Zoe è in imbarazzo per il complimento. "Non lo so se è davvero così, ma mi hai detto una cosa carina, grazie."

"È la verità. Quando torniamo voglio vederti di nuovo su quel palco."

Quando torniamo.

Sembra facile. Ma quel silenzio condiviso è ancora una volta pieno di complicità. Sanno benissimo che tra loro lì, in quel momento, e lei di nuovo sul palco del Downtown Blues c'è di mezzo una specie di enorme punto interrogativo, ma nessuno dei due osa parlarne. Non adesso.

"Che facciamo stasera?" chiede Zoe.

"Ho fatto un po' di ricerche stanotte, mentre dormivi."

"Ma no! Ho sempre detestato l'idea che qualcuno mi guardi dormire. Com'ero? Con la bocca aperta? In una posizione strana?"

"Eri... bella. A un certo punto sembrava sorridessi," dice lui con un'espressione intenerita. "Ora però basta, sennò sembra che ho passato tutta la notte a fissarti, come un maniaco."

Ma Zoe adesso è interessatissima. "Sorridevo? Come?"

"Come se stessi facendo un bel sogno."

"Io non me li ricordo mai i sogni. C'è gente che sogna le melodie, si sveglia, prende la chitarra e in mezz'ora ha scritto una nuova canzone. Li odio."

"Se per caso canticchi nel sonno ti registro, promesso."

"Perché? Parlo nel sonno? Dimmi la verità."

"No, era una battuta su quella cosa delle melodie!"

"Sicuro?"

"Sicuro, Zoe. Non parli nel sonno. Non hai la bocca aperta né altre cose strane. Dormi... bene. Normale. Ora posso dirti cosa ho letto stanotte?"

"Vai."

"Cherokee è una città molto turistica, piena di negozi di souvenir a tema nativo. E poi c'è un casinò. Io odio i negozi di souvenir, e purtroppo amo i casinò. Due buone ragioni per evitarla." Lorenzo si ferma a pensarci. "Anche se in effetti mi dispiace non vedere il casinò di Cherokee. Pensa quanto dev'essere trash..."

Zoe gli fa notare che i casinò sono sempre un po' trash, ma la teoria di Lorenzo è che lo sono al punto di diventare persino poetici. "Las Vegas, per esempio, è incredibile. Ci sei mai stata?"

No, non c'è mai stata, ma quando lui le propone di fare una deviazione risponde subito di no. "Chissà," prosegue pensierosa, "forse i casinò li fanno apposta così pacchiani e pieni di luci per abbagliare le persone, in modo che non vedano la loro schiavitù."

"Hai detto bene," risponde lui, "è proprio una schiavitù. Sul vizio del gioco si dicono un sacco di scemenze, se non lo hai vissuto non puoi sapere com'è davvero. Innanzitutto, quando ci sei dentro fino al collo come me, vincere o perdere conta poco. Altrimenti sarebbe tutto razionale, una cosa che puoi controllare."

È partito in quarta col suo racconto, Zoe ascolta con attenzione mentre la luce cambia ancora, accompagnando il paesaggio verso l'inizio della sera.

"Giocare nel mio caso è... era..." esita, "un modo per spezzare il circolo vizioso dei pensieri, per avere tregua. Soltanto che poi si trasformava a sua volta in un problema, diventava *il pensiero*, altrettanto ossessivo. Non so se mi spiego."

"Giocavi solo a poker?"

Giocavi. Il verbo all'imperfetto non è passato inosservato. Lorenzo le sorride, come per ringraziarla della fiducia che gli accorda.

"No. Qualunque tipo di gioco, e dovunque. Chemin de fer, scommesse, roulette, le slot. Online, al casinò e nelle poche bische, o pseudo tali, dove ancora si gioca. Parlo di Manhattan. Sono praticamente sparite, ma qualcuna c'è ancora. Io ovviamente le conosco tutte. Non era importante a cosa giocassi, l'importante era giocare. Quando provavo a smettere diventavo nervoso. Di nuovo schiavo dei pensieri ossessivi. Allora ricominciavo e stavo da Dio. Poi però perdevo ed ero depresso, controllavo il conto, vedevo che ero in rosso e allora giocavo ancora sperando di rifarmi. E ogni volta provavo quella sensazione, tipo farfalle nello stomaco. Certe sere mi sedevo e niente. Allora cominciavo ad aver paura che nemmeno quello funzionasse più, che stesse per ripartire il loop. Ma poi arrivava, la riconoscevo, era come un orgasmo, lentissimo, costante, poteva durare ore. Altre volte vincevo, e, come se non riuscissi a dimenticare che quei soldi arrivavano da un percorso di merda, invece di usarli per ripianare qualche debito li spendevo comprando droga o champagne. A volte..." Esita, non è sicuro di volerlo dire, abbassa lo sguardo, ma poi si fa coraggio e glielo dice: "A volte, tutto quello che desideravo era andare a picco".

Zoe non dice niente, lo abbraccia forte. Torna il silenzio.

"E allora? Che facciamo stasera? Neanch'io ho tutta questa voglia di passare la serata a Cherokee."

"Stiamo ancora un po' in giro, compriamo qualcosa per cena e poi troviamo un bel posto dove parcheggiare. Mangiamo e aspettiamo l'alba nel furgone. Che ne dici?"

"Dico che mi piace molto. Ma non sarà pericoloso?"

"Non più di andare a rubare una chitarra."

39.

“Ah! Aaah! Mi fai male, cazzo... Così mi spezzi il braccio!”

“Dov’è?”

“Me l’hai già chiesto cento volte. Non lo so dove cazzo sta.”

Vincent lo ha aspettato sotto casa. Quando Wayne è uscito dal portone e lo ha visto ha provato a scappare, ma lui gli ha dato uno spintone, facendolo cadere. Adesso lo tiene con la faccia schiacciata sul marciapiede e un braccio dietro la schiena, come un wrestler in attesa che il giudice proclami la vittoria.

“Il Duca mi ha detto di dirti che se l’italiano non ci dà i soldi ce li dovrai dare tu. Quindi, è meglio se mi dici dove trovarlo.”

“Non lo so-ooo. Te lo direi, perché mi stai facendo veramente male, ma ti giuro che non lo vedo da giorni.”

Vincent allenta la presa. “Prova a chiamarlo. Metti in viva voce, fai finta di nulla e fatti dire dove si trova. Digli che devi incontrarlo per un’emergenza. Muoviti.”

“Ma non ho il suo numeAAAH, cazzo.”

Braccio dietro la schiena, di nuovo. Una coppia si accorge di loro, la signora guarda come a chiedere spiegazioni, Vincent la fredda con gli occhi, intimandole di tacere. La scena è buffa dal loro punto di vista, perché in verità tra i due sembra lui quello messo peggio, con la fasciatura sulla testa che nella colluttazione si è spostata tutta di lato. Sono le tre del pomeriggio, Tompkins Square è insolitamente deserta.

"Aspetta. Lo cerco."

Vincent permette a Wayne di alzarsi e prendere il telefono dalla tasca dei jeans. Cerca il numero nella rubrica, invia la chiamata e mette in viva voce, sperando con tutto il cuore che Lorenzo non risponda. Due secondi dopo parte il messaggio: "Il numero selezionato è inesistente".

Wayne guarda Vincent scrollando le spalle. "Visto? Per me se n'è andato."

"Dove?"

"E io che ne so? Mica è il mio ragazzo, a volte non ci sentiamo per settimane. Non so che dirti, davvero."

"Questo è il mio numero. Chiama se lo vedi. Non fare cazzate, il Duca non scherza. Se non troviamo lui, torniamo da te. E tu ci dai i soldi."

"Senti, quei soldi li ha persi lui. Che c'entro io?"

"Eravate insieme. Peggio per te. Inventati qualcosa."

Gli lascia un foglietto sul quale ha scritto il numero e si allontana. Massaggiandosi un braccio, Wayne lo guarda camminare verso la Lincoln nera. Già, dov'è finito Lorenzo?

40.

La statua in bronzo è alta circa tre metri. Nina Simone è seduta, in abito lungo e sandali, e suona una tastiera ondulata, sospesa nell'aria. Lorenzo e Zoe sono arrivati nella piccola città di Tryon nel primo pomeriggio e adesso sono lì a guardarla.

"Mia madre si chiama Nina in suo onore. Mio nonno è un appassionato di blues... è molto vecchio, ma è ancora vivo. Magari un giorno te lo presento."

"Dai, ti faccio una foto e la mandi a tua madre. E anche a tuo nonno."

Zoe sorride, scuote la testa. Poi però ci ripensa e si avvicina alla statua.

"Come sono venuta?"

Lorenzo le porge il telefono.

"Ma sembro triste!"

"Non direi. Intensa, quello sì. Sembri esattamente come sei in questo momento. È una foto sincera. Tu, poi, non mi dai l'idea di un tipo che si mette in posa, che fa sorrisi finti. Secondo me non sei nemmeno sui social."

"Ho un account su Instagram. Privato. In teoria, se fai il mio lavoro i social dovresti usarli... Io ci ho provato, ma proprio non fanno per me. Non riesco a starci dietro, mi sembrano un supermercato dove l'unico prodotto in vendita sei tu, con la tua faccia su tutti gli scaffali. Un incubo."

"Non l'avevo mai considerata in questi termini, è una chiave di lettura interessante... Io ero su Instagram, ma non postavo mai. Prima di partire ho chiuso l'account. Meglio essere prudenti."

Si siedono su una panchina dall'altra parte della piazza, Lorenzo sente che Zoe ha voglia di parlare. Stavolta non ha bisogno di chiederle una nuova "lezione".

"Il suo vero nome era Eunice Kathleen Waymon," dice lei guardando ancora la statua. "Lo pseudonimo Nina Simone lo aveva scelto in onore di Simone Signoret. Quando aveva iniziato a suonare il piano, però, era ancora Eunice. Era una bambina, aveva quattro o cinque anni, credo. Attraversava i binari per andare a lezione dalla sua insegnante. Pensa che quando suonò per la prima volta in pubblico, verso i dodici anni, misero i suoi genitori in fondo alla sala. Fino a quel momento lei nemmeno sapeva cosa fosse il razzismo, d'altra parte abitava in un piccolo paese ed era talmente abituata a vivere in mezzo a persone come lei che non si poneva nemmeno il problema... Quel giorno, invece, capì cosa significasse essere discriminata. Disse che non avrebbe suonato se suo padre e sua madre non avessero avuto il permesso di sedersi davanti, e così dovettero accontentarla. Te la immagini? Lei piccoletta che s'impunta, poi suona e alla fine guarda negli occhi la sua mamma e il suo papà. Chissà quanto devono essersi commossi."

"A dodici anni... Io a dodici anni attaccavo le figurine dei calciatori."

Zoe non sa cosa siano, Lorenzo glielo spiega, ridono insieme al pensiero di lui dodicenne.

"E tu quanti anni avevi quando hai cominciato a suonare?"

"Boh, otto-nove. Con mio nonno. Sempre lui."

"Oggi ricorre spesso."

"Già... Gli staranno fischiando le orecchie."
"E com'era Nina da bimba? Già brava?"
"Decisamente sì. All'epoca suonava il pianoforte classico, Bach, Mozart, Beethoven... Probabilmente sognava di diventare la pianista classica nera più famosa al mondo, ma quando tentò di entrare in una scuola di New York non fu ammessa... sempre per la questione razziale."
Lorenzo sospira, quell'argomento ritorna con triste puntualità.
"In quel periodo iniziò a suonare nei locali notturni, cambiando nome e avvicinandosi alla musica nera. Io credo che questa parte della storia dica già tanto di lei. La classica e il jazz, diciamo la musica nera in generale, sono due mondi lontanissimi: in uno lo studio è fondamentale, nell'altro conta molto l'improvvisazione. Lei era così in tutto, una contraddizione vivente: amava stare sul palco ma esibirsi la distruggeva emotivamente. Quando arrivò al grande successo commerciale, buttò tutto all'aria per seguire una nuova strada."
"Cioè? Abbandonò la musica?"
"No, no... Però cominciò a darle un valore diverso. Ci fu un attentato in una chiesa, in Alabama. Non ricordo l'anno. Morirono quattro ragazzine, ovviamente nere. Lei rimase sconvolta, non riusciva a farsene una ragione. E scrisse una canzone durissima, *Mississippi Goddam*, che diventò subito un inno del movimento per i diritti civili."
"Come la canzone di Billie Holiday, quella di cui mi hai parlato ieri. Com'era il titolo?"
"*Strange fruit.* Tra l'altro, credo che Nina ce l'avesse in repertorio. Comunque, dopo l'attentato cominciò a frequentare i leader della protesta, da Malcolm X a Martin Luther King, e anche una serie di intellettuali e artisti che stavano dedicando la vita, e la loro arte, alla causa della gente nera. Hai presente la marcia di Selma?"
"Certo, ho visto anche il film. Bellissimo."

“Ecco, quel giorno sul ponte si esibì anche lei. Questa svolta la esaltava, sentiva che era arrivato il momento di rendersi utile per la sua gente. Diceva che un vero artista non può tirarsi indietro.”

“Sono d’accordo. I personaggi pubblici fanno bene a metterci la faccia. Detesto quelli che dicono ‘Fai il cantante, fai l’attore, che c’entri con la politica?’. Se sei popolare e hai un potere, è giusto metterlo al servizio delle cause che per te sono importanti.”

“La penso come te. Ma nel caso di Nina questa scelta ebbe conseguenze: le radio e il pubblico cominciarono a ignorarla. E più la ignoravano, più lei diventava estrema, fino a dichiararsi contraria alla non violenza: diceva che per cambiare bisognava combattere con ogni mezzo, addirittura sparare, se necessario. Inutile dirti che anche il suo manager era perplesso. Era suo marito, lei ne era innamoratissima e totalmente succube. Spesso la picchiava, ma lei non si decideva a lasciarlo.”

“Un’altra vita estrema, come quella di Billie...”

“Proprio così. Quando uccisero Martin Luther King scrisse un’altra canzone di protesta, *Why? (The king of love is dead)*, e la suonò al suo funerale. Per lei rappresentò un punto di non ritorno, da quel giorno non fu più la stessa: diventò aggressiva, diceva di odiare i bianchi, chiamava gli Stati Uniti ‘United Snakes of America’. Questa intolleranza diventò così totale che a un certo punto si trasferì in Liberia. All’inizio andò tutto benissimo, le sembrava di aver trovato il suo posto nel mondo. Ma durò poco...”

Zoe continua a raccontare, intanto arriva qualche turista a scattarsi una foto accanto alla statua. Qualcuno fa il gesto di suonare il pianoforte, altri la abbracciano. Una ragazza si fa ritrarre mentre si protende per baciarle una guancia.

“In Africa, Nina si perse. Finì i soldi, il marito le tagliò i fondi e lei fu costretta a spostarsi ancora. Andò in Europa, prima in Svizzera e poi in Francia. A Parigi per mantenersi accettò di suonare per pochi spiccioli in piccoli locali, dove a volte la gente che la vedeva sul palco non credeva che quella fosse davvero Nina Simone, era irriconoscibile."

"Perché molti artisti finiscono male? Secondo te cos'è che li distrugge, la loro sensibilità esasperata o la fama?"

"È difficile rispondere... Secondo me, un po' tutt'e due. Nel suo caso era peggio: venne fuori che Nina era bipolare. Le sue contraddizioni adesso erano diventate una vera e propria patologia. Le prescrissero un farmaco che la faceva stare meglio ma le rallentava i movimenti. E qui c'è una svolta pazzesca."

Lorenzo ascolta e continua a buttare un occhio alla statua. Sono arrivati i ragazzi di una scuola di musica a fare la foto, si accucciano intorno al basamento e l'insegnante scatta.

"Non potendo più improvvisare, perché le dita non erano abbastanza veloci, recuperò la tecnica del piano classico e cominciò a suonare in modo più regolare."

"...come se per riuscire di nuovo a suonare avesse bisogno di ripartire dall'inizio, da quando era bambina."

"Proprio così. La chiusura di un cerchio."

"Quand'è che arriva la sua canzone più famosa? L'hanno usata per una pubblicità..."

"Parli di *My baby just cares for me*?"

"Sì! Io Nina Simone la conosco soprattutto per quella."

"La pubblicò verso la fine, quando era già malata. Infatti, se ci fai caso, il pianoforte in quel brano è molto minimale, sono solo poche note."

"Sarebbe bellissimo ascoltarla adesso, dopo il tuo racconto."

"Cerchiamola su YouTube."

"No, ho un'idea migliore. Aspettami."

Lorenzo corre in direzione del furgone, torna imbracciando la Gibson acustica di Zoe. Gliela passa e si risiede sulla panchina.

"In realtà ci vorrebbe un pianoforte, ma vediamo cosa posso fare," dice Zoe stando subito al gioco. "Forse viene bene in versione *manouche*."

Quando attacca il pezzo, i ragazzi che erano in posa per la foto si avvicinano, una coppia di anziani signori con un cane si ferma... Ben presto una piccola folla si raduna davanti a Zoe.

Lorenzo tiene il tempo schioccando le dita, gli altri lo imitano, ma lui nemmeno se ne accorge: è tutto concentrato su Zoe, Zoe che socchiude gli occhi, Zoe che inclina la testa, Zoe che è diventata la sua nuova ossessione. Si gira verso la statua, è talmente emozionato che non si stupirebbe di vederla sorridere e di veder muoversi quelle dita di bronzo sul pianoforte sospeso nello spazio, che adesso sembra sospeso anche nel tempo.

41.

“E se vivessimo così per sempre? Ce ne andiamo in giro con questo vecchio bestione, ci fermiamo dove ci pare. Tu mi racconti storie e mi suoni canzoni.”

Camminano fianco a fianco in un Seven-Eleven deserto. Zoe interrompe la ricerca del suo dentifricio preferito: “Sì? E di cosa viviamo?”.

“Il podcast!” esclama Lorenzo, lanciando nel carrello un deodorante e un bagnoschiuma presi a casaccio. “Attrezziamo il furgone con tutto il necessario. Tu racconti la storia dei musicisti nati in ogni città in cui ci fermiamo e suoni i loro brani. Diventerà il più ascoltato degli Stati Uniti... Dobbiamo solo trovare un titolo, ora ci penso.”

Zoe lo fissa esitante, mentre mette nel carrello due tubetti e una bottiglietta di collutorio.

“Ma figurati! Con tutti quelli che ci sono, perché dovrebbero ascoltare proprio me?”

La risposta di Lorenzo è immediata ed entusiasta: “Molto semplice: perché nessuno racconta le cose come le racconti tu”.

“Non vorrei sembrarti presuntuosa, ma secondo me non sei molto obiettivo,” gli dice lei con una strizzata d’occhio.

“Proprio per niente! Saresti bravissima, ne sono sicuro.

Già vedo gli articoli su 'Rolling Stone', Netflix che acquista i diritti per fare una versione video..."

"Mi fai impazzire! Sono tutti così entusiasti gli italiani?"

Lorenzo si affretta a spiegarle che non è affatto così. "Io poi proprio per niente, più che un entusiasta mi definirei un *accollo.*"

Le spiega cosa significa, e già che c'è le insegna anche *attaccare i pipponi*, *rompicoglioni* e *damme tregua*. Sentirli ripetere da lei, con il suo accento americano, lo fa morire dal ridere. Ride anche Zoe, ma poi, mentre tornano verso il furgone, si fa seria: "C'è un piccolo dettaglio, niente affatto trascurabile: se giriamo l'America postando e geolocalizzandoci, il Duca e il suo scagnozzo ci mettono un attimo a scoprire dove siamo. Una mattina ce li troviamo fuori dal furgone".

"Cazzo, è vero! Non ci avevo pensato." Lorenzo è tornato bruscamente con i piedi per terra, ma non ha nessuna voglia di abbandonare l'idea: "Aspetta, aspetta, ho la soluzione! Non diremo dove siamo. Prima registriamo tutti gli episodi e poi li pubblichiamo".

"Lorenzo, *damme tregua*, quando fai così sei proprio un *accollo*!"

Ridono insieme.

"E quindi? Dove si va adesso?" chiede Zoe liberandosi delle sneakers e appoggiando i piedi sul cruscotto.

Lorenzo ammette di non aver ancora deciso.

"Be', datti una mossa. A parte Nina, a Tryon non c'è un granché."

Lorenzo si abbandona contro il sedile, sospira: "Ovviamente non possiamo cambiare direzione, giusto?".

"Possiamo fare una piccola deviazione, è già successo. Però, tendenzialmente sarebbe meglio restare nei paraggi. Perché me lo chiedi? Volevi vedere qualcosa verso Seattle? Fare un salto in Alaska?"

“Vabbè, intanto andiamo. Voglio parlarti di un paio di dettagli tecnici sul podcast.”

“Basta con questa storia, ti ho detto che non funzionerebbe mai.”

“Tu aspetta che ti spieghi bene come me lo sto immaginando. Tanto abbiamo tempo, la strada per Memphis è lunga.”

“Memphis? Quando l’hai deciso?”

“Adesso. Però è da quando ero bambino che sogno di incontrare Elvis, anche se non sono un suo fan.”

“Ma allora perché? Oh, mio Dio, sei completamente pazzo!”

“Mio padre...” le risponde lui serissimo, “Elvis è il suo cantante preferito, in casa c’era sempre la sua musica.”

“Per quello che mi hai raccontato, non dovresti avere una grande ammirazione per il cantante preferito di tuo padre. Sbaglio?”

“No.”

“E allora perché stiamo andando da lui?”

“Voglio vedere se riesco a farci pace.”

42.

> Morì nel mistero: qualcuno ricorda che fu pugnalato, altri che fu avvelenato; che morì a quattro zampe, abbaiando come un cane; che la sua morte aveva qualcosa a che fare con la magia nera.
>
> GREIL MARCUS su Robert Johnson

La storia del mondo si potrebbe riscrivere da cima a fondo se le persone, facendo una cosa, sapessero che è l'ultima volta. L'abbraccio tra un padre e un figlio sarebbe più lungo. Due amanti, salutandosi su un binario mentre il treno si allontana lentamente, si direbbero altre parole.

Chissà se pensava questo Robert Johnson salendo sul palco quella sera, pronto a suonare la sua chitarra in un modo che, come ormai si sussurrava in tutto il Delta del Mississippi, era frutto di un patto col diavolo. Eppure, dopo i primi tre o quattro pezzi, in quel locale fumoso della zona est di Greenwood, tra gli spettatori cominciò a serpeggiare una strana sensazione. Non che Robert fosse meno bravo del solito: piuttosto, si sarebbe detto, vi era in lui uno struggimento, un dolore rassegnato nello sguardo, che lo faceva apparire, a dispetto dei suoi ventisette anni, vecchio e stanco di vivere. Del resto, solo lui e Lucifero potevano conoscere i dettagli dell'accordo stretto quella notte al crocevia, se implicasse esclusivamente la cessione dell'anima o anche un tempo prestabilito per cederla. Fatto sta che quella sera il blues distillato dalle sue dita magiche era intriso di un profondo, ineluttabile senso di morte.

I trecento che lo fissavano mentre accarezzava le corde, producendo suoni dei quali era l'unico a conoscere la sublime alchimia, provavano sensazioni contrastanti, un misto tra l'ammirazione per quella musica stupefacente e un disagio che non riuscivano a mettere a fuoco.

Il signore col cappello e la barba sale e pepe era in terzultima fila, il figlio tredicenne gli era salito sulle spalle per vedere meglio. Non era poi così leggero, soprattutto per il padre che andava già verso i settanta. L'uomo tentava di resistere, era troppa la passione di suo figlio per il blues; aveva iniziato a suonarlo da qualche mese su una chitarra ricevuta in regalo per il compleanno. Il padre dunque non fu così dispiaciuto quando Johnson annunciò l'ultima canzone della serata; il figlio invece ne rimase deluso, dall'inizio del concerto non staccava gli occhi dalle sue dita, strizzandoli per cercare di seguire ogni singolo movimento, per rubare i segreti della sua arte, quelli che avrebbe provato a riprodurre nella sua cameretta in cima alle scale della vecchia casa di legno in cui abitavano.

Quando Johnson si congedò, nessuno gli chiese il bis. Strano, perché i suoi show non finivano mai all'orario previsto, in genere rimaneva inchiodato sul palco dagli applausi interminabili: ma quella sera l'atmosfera era diventata così plumbea che fu quasi un sollievo vederlo sparire dietro il sipario.

"Andiamo a salutarlo!"

Non era una domanda, il ragazzino lo disse con una tale convinzione che il padre non poté fare altro che accontentarlo. Non fu difficile guadagnare il retropalco, dove chiesero a un tizio della sicurezza se fosse possibile entrare in camerino, lui li indirizzò verso una porta sgangherata con su scritto ARTIST. Soltanto dopo che ebbero bussato tre volte, una voce rispose flebilmente: "Avanti".

Robert Johnson era seduto davanti allo specchio e dava loro le spalle, un asciugamano intorno al collo e una bottiglia di whisky sul tavolo.

"Buonasera, mi scuso per il disturbo, ma mio figlio ha tanto insistito..."

Johnson si girò a fatica, gli occhi come due fessure, e non disse niente.

Il ragazzino non aspettò di essere invitato a parlare: "Sei stato bravissimo. Come si fa a suonare così?".

Dopo un lungo silenzio arrivò una risposta sussurrata: "Suonare, suonare davvero intendo, è come respirare... Tu hai mai passato un giorno senza respirare?".

"No, signore. Io suono tutti i giorni."

"Ah, sì?" Un'espressione divertita accese lo sguardo di Johnson. "Allora fammi vedere cosa sai fare."

Passò la chitarra al ragazzino, che la imbracciò senza esitazione: dopo un profondo respiro, cominciò a suonare l'ultima canzone del concerto. Non era un'esecuzione perfetta – ogni tanto un piccolo inciampo e qualche accordo sbilenco strappavano a Robert un sorriso di tenerezza –, ma era sorprendente per la sua età.

Alla fine della canzone cadde un silenzio pesante, durante il quale padre e figlio rimasero col fiato sospeso in attesa di un commento. A sciogliere quella tensione fu invece un applauso, accompagnato da un sorriso che, per tutto il concerto, non si era mai visto sul volto di Johnson. Sorrise anche il ragazzino, a cui il padre, intanto, aveva appoggiato le mani sulle spalle, dicendogli sottovoce di restituire la chitarra. Ma quando gliela tese, Robert Johnson lo fermò: "Tienila, è tua. Te la sei guadagnata".

Incredulo, lui si girò verso il padre come a chiedergli cosa fare.

"Grazie, signore, ma non credo sia il caso. Davvero," disse l'uomo.

"E invece sì. Mi piace l'idea che la tenga lui. Promettimi solo una cosa," fece rivolto al giovanissimo musicista. "La suonerai tutti i giorni?"

"Certo, signore, tutti i giorni. Non si può vivere senza respirare" fu la pronta risposta.

Uscirono, Robert Johnson si tolse le scarpe e bevve un lungo sorso di whisky, poi si guardò allo specchio. Chissà se vide il riflesso di qualcosa o qualcuno alle sue spalle. Chissà se sapeva che quello era stato il suo ultimo concerto.

43.

Il fumo che esce dal cofano è l'ultima cosa che avrebbero voluto vedere, soprattutto in mezzo al nulla e all'ora del tramonto. Lorenzo si rende conto all'improvviso di non aver mai fatto controllare il furgone, e non è stata un'ottima idea, considerando il lungo viaggio che hanno intrapreso. Accostano, cercano su internet un meccanico nei dintorni che possa dargli un'occhiata, ne trovano uno a cinque miglia. L'officina è a East Flat Rock, un villaggio in collina nella contea di Henderson.

Jack ha la barba rossa e lo stomaco prominente di chi, finito di mettere le mani nei motori, torna a casa solo dopo un certo numero di birre. Farà volentieri un check up veloce allo Chevy, dice, ma non prima dell'indomani mattina, perché sta andando a recuperare una famiglia rimasta in panne a quindici miglia da lì. Però possono mangiare qualcosa e passare la notte alla locanda di Helen, cinque minuti a piedi dall'officina. È un posto carino, assicura, famoso per le bistecche; possono lasciare il furgone lì dov'è e domani, quando sarà pronto, glielo riporterà lui stesso.

Zoe e Lorenzo lo ringraziano e s'incamminano. È quasi buio, intorno a loro alberi giganteschi, casette di legno e prati verdi a perdita d'occhio.

"Non è un brutto posto, dai. Senti che aria pura. E guarda che colori."

“Ehi, sei diventato di colpo un salutista amante della natura?”

Lorenzo sorride. “No, è che sono cresciuto a Roma e vivo a New York. Poi, intendiamoci, dopo tre ore mi verrebbe l’ansia... Però un pit stop qui ci sta. E poi a me il piano B è sempre piaciuto.”

Zoe ha l’aria perplessa, mentre percorrono una strada leggermente in salita.

“Sai quando capiti per sbaglio in un posto in cui non saresti mai andato nella vita? Entri in una specie di buco spaziotemporale, un’eccezione. Come se il tuo destino avesse ricalcolato il percorso, tipo il navigatore quando si perde.”

Lorenzo lo dice con un certo trasporto, ma di convincere Zoe non se ne parla.

“A me queste cose fanno pensare subito a un film dell’orrore, dove i protagonisti vengono legati e portati in una capanna di tronchi, e una volta lì torturati per ore e lasciati morire.”

“Certo che hai una fantasia...”

“Ovviamente il tutto è stato filmato e sarà venduto a caro prezzo nel dark web, agli affiliati a un club di milionari viziosi con l’hobby degli snuff movie.”

Lorenzo ride. In lontananza, intanto, appare un edificio con un’insegna luminosa: dovrebbe essere il posto che stanno cercando.

“Comunque, a me è successo più di una volta, e sono ancora qui.”

Sono ancora qui. Dopo averlo detto, si rivede sul cornicione, pronto a lanciarsi nel vuoto. I suoi fantasmi sono sempre in agguato.

“Siamo arrivati,” le dice sforzandosi di scacciarli.

Helen’s MEAT *and greet*, recita l’insegna, con il maiuscolo a sottolineare il gioco di parole.

“Vedi? Tutto torna, anche il nome del posto. Cinque dollari che alla reception troviamo Hannibal Lecter.”

Entrano, al posto di Hannibal c’è una signora sorridente, capelli grigi e occhialoni da vista, che dà loro il benvenuto, chiede i documenti e, dopo aver consegnato le chiavi, spiega che la colazione viene servita dalle sette alle dieci; il ristorante invece è aperto sia a pranzo sia a cena e la sera chiude alle nove, quindi sono in tempo per mangiare una delle famose bistecche di Helen. Dopo, se vogliono, possono bere qualcosa allo SteaKaraoke Bar.

Lo sguardo di Zoe si illumina, quella notizia cambia tutto. Mentre camminano lungo il corridoio verso la loro camera, con le pareti ricoperte da decine di foto di bovini, non sta nella pelle. “Ricordi quando ti ho detto di scegliere un duetto?” chiede a Lorenzo. “Ci siamo!”

La sosta in camera è rapidissima, giusto il tempo di sorridere per la coperta pezzata bianca e nera e il paio di corna appese sopra il letto, e farsi una doccia. Anche la cena dura lo stretto necessario, due bistecche effettivamente molto gustose e una bottiglia di vino lasciata a metà. Tutto è diventato una pura formalità, il prologo al clou della serata: il karaoke!

Anche nel locale attiguo al ristorante è il bovino a farla da padrone nel décor, con camerieri vestiti da mandriani, sedili a forma di testa di bue e un toro meccanico sul quale, inserendo un gettone, si può provare il brivido di un minuto di rodeo. Quando entrano, un cowboy gigantesco, cappello da texano e stivaletti, sta cantando un pezzo di Taylor Swift con una voce acutissima, riuscendo a stonare ogni singola nota; la piccola folla adorante dei suoi amici, completamente ubriachi, fa un tifo spudorato.

Zoe è entusiasta: “Dimmi che questo posto non è meraviglioso! Eri mai stato in un locale così?”. E mentre Lorenzo si guarda intorno poco convinto cerca di scuoterlo: “Uffa, che pesante che sei! Piuttosto, hai scelto la canzone? Dobbiamo iscriverci subito".

Alla sola idea di cantare, Lorenzo sente montare l'ansia. Ma sa di doverla accontentare, quindi cerca di calmarsi e intanto ordina da bere.

"Io l'avrei scelta, ma magari non ce l'hanno."

Zoe ha capito l'antifona. "Ti informo che se ne hai scelta apposta una difficile sperando di non trovarla è peggio, perché a quel punto ne scelgo io una che magari nemmeno conosci. Quindi ti conviene darti una mossa," gli dice piazzandogli in mano il voluminoso librone con la lista-menu dei brani.

Lorenzo prende tempo scorrendo ogni pagina da cima a fondo, il pensiero di cantare davanti a tutti gli ha gelato il sangue nelle vene. Infine restituisce il librone a Zoe indicandole la canzone.

"Stupenda!" approva lei, contenta. "Vado subito a dirlo alla presentatrice."

Si alza, Lorenzo la vede parlottare con la donna, inguainata in un tubino muccato, poi cerca di calcolare il numero di spettatori che assisteranno alla performance e, cazzo, saranno pure in un posto sperduto della Carolina del Nord, ma lì dentro ci sono non meno di ottanta persone. Che ci fanno qui tutti gli abitanti di East Flat Rock?, pensa infastidito mentre Zoe torna al tavolo.

"Ci sono sette cantanti prima di noi. Tra meno di mezz'ora saliamo sul palco. Sei contento?"

Come no, pensa Lorenzo, e le chiede se le va un altro drink. Ha fatto il bravo da quando sono partiti, è piuttosto fiero di sé, ma stasera, *sticazzi*, se non beve qualcosa non ce la farà mai.

Quando arrivano i cocktail, il countdown è a meno quattro. Zoe non vede l'ora di cantare, Lorenzo è sempre più sotto un treno e vede quei numeri scorrere come se fossero i condannati che lo precedono nel braccio della morte.

"Vuoi che ce ne andiamo?" gli chiede lei dopo un po', dispiaciuta per il suo disagio.

"No. Facciamolo e basta. Se esco vivo da qui, nulla potrà più uccidermi."

Si guardano, è chiaro che stanno pensando alla stessa cosa. *Se esco vivo da qui.* Certo che detto da lui... Restano in silenzio per un lunghissimo istante, poi l'annuncio li riporta alla realtà: "Signore e signori, i prossimi a salire sul palco dello SteaKaraoke sono una coppia: lei è Zoe, da New York City; lui arriva da Roma, e si chiama Looorenzo!".

Si alzano, lei lo prende per mano, lui ha almeno centoventi battiti al minuto e le gambe che tremano. Salgono sul palco, parte l'intro della base, hanno deciso che ovviamente sarà lei a cantare la prima parte.

Zan-zan-zan-zan-za-za-zan-tu-ru-ru...

"*Ebony and ivory*
Live together in perfect harmony."

Zoe ovviamente è perfetta, dopo sole due frasi parte il primo applauso, si sentono urla di apprezzamento. Si girano ad ascoltare perfino quelli in fondo al locale, seduti lontano dal palco perché meno interessati alle performance canore. Lei ondeggia disinvolta, canta guardando negli occhi Lorenzo. Lui è pietrificato, ha la gola secca e la camicia zuppa di sudore. Zoe va avanti:

"*Side by side on my piano keyboard*
Oh Lord, why don't we?".

Poi gli sorride dolcemente e gli fa cenno che è arrivato il suo momento. E con sua enorme sorpresa, di colpo Lorenzo sente l'ansia svanire, mentre a sua volta la guarda negli occhi e si accosta il microfono alla bocca:

"We all know
That people are the same wherever you go".

È partito con un secondo di ritardo, quindi ora deve recuperare, altrimenti tutta la canzone si incasina. Se è per questo, è anche completamente fuori tonalità. Il pubblico ammutolisce, il confronto con Zoe è impietoso, ma lo sguardo di lei è così complice che a Lorenzo non importa di nulla: ha occhi solo per Zoe e va avanti a cantare, cerca di recuperare, ma è peggio di prima, stonato, storto, sbilenco. Lei allora gli viene in soccorso, canta in modo da coprire le sue incertezze.

Cantano tutta la strofa insieme, adesso Lorenzo se la sta proprio godendo; arriva il break e si abbracciano, il coretto finale lo fanno tenendosi per mano, continuando a guardarsi negli occhi.

La base sfuma, si baciano a lungo, come fossero soli, soltanto alla fine si voltano e si accorgono che gli spettatori dello SteaKaraoke sono in tripudio per loro: Zoe e Lorenzo, la coppia più romantica della serata.

44.

"Una volta sono andato a Copenaghen. Ero con la mia ragazza di allora."

Lorenzo ha ripreso il discorso della sera prima sul piano B. Sono seduti a fare colazione al ristorante dell'albergo, uova strapazzate per lui e un muffin per Zoe. Dopo l'exploit al karaoke sono tornati in camera, hanno fatto partire dal telefono *Ebony and ivory*, quella vera, hanno riso tantissimo e poi si sono schiantati a letto, hanno fatto l'amore e si sono addormentati di botto, sfiniti dalla serata e dai drink.

"A un certo punto prendiamo un taxi e chiediamo al tipo di portarci a vedere la sirenetta. Quando arriviamo siamo così delusi che vorremmo andare via, la statua è piccolissima e anche bruttarella."

"Lo dicono tutti che è deludente," dice Zoe con voce assonnata.

Lorenzo, invece, è inspiegabilmente su di giri. "Credimi, lo è. Quando torniamo verso la macchina il tassista, che era sceso a fumare una sigaretta, non può non accorgersi di quanto ci siamo rimasti male, dice che avrebbe voluto avvertirci. Il castello di Kronborg, quello invece sì che merita. Ci spiega che è il posto in cui Shakespeare ha ambientato l'*Amleto*, se vogliamo ci porta a visitarlo. Gli chiediamo quanto dista, lui risponde che non è così vicino, si farà tardi, ma ne vale la pena. La mia ragazza è titubante, quasi spaventata."

"Ecco, io sarei stata come lei..." lo interrompe Zoe.

"Io invece sono già pronto per partire. Saliamo, lui spegne il tassametro. Viaggiamo per, che ne so... un'ora e mezzo. Quando arriviamo il posto è chiuso, ma lui non si perde d'animo, scende dalla macchina e chiede al custode di fare un'eccezione per due turisti venuti da lontano che ci tengono molto a vederlo. Sai che se ci penso mi sembra assurdo ancora oggi?"

"Infatti secondo me ti stai inventando tutto."

"No, te lo giuro, è andata proprio così. Insomma, il custode è perplesso ma alla fine accetta, entriamo e giriamo per mezz'ora nel castello deserto, illuminato quasi a giorno dalla luna piena. Il tassista ci racconta tutto come se fosse uno di quei tizi della tv, sai... quelli che conducono i documentari."

Zoe ridacchia, dice che forse se l'è sognato, ma Lorenzo insiste: "Quando risaliamo in macchina per tornare verso Copenaghen ci spiega che è bosniaco, è scappato da Sarajevo durante la guerra dei Balcani ed è un appassionato di letteratura, in particolare di Shakespeare. E sai quanto ci ha chiesto per la gita? Niente! Ha detto che il suo turno era finito, e gli aveva fatto piacere tornare in quel posto in cui non andava da un po'. Noi abbiamo insistito per pagargli almeno la benzina, ma lui niente. Ci abbracciamo, ci scambiamo il numero e ce ne torniamo in albergo. Ovviamente non l'ho mai più visto né sentito. Ecco, questo è il piano B più incredibile che mi sia mai capitato".

"Vedi che noi due siamo pieni di contraddizioni? Io dovrei avere mille storie del genere da raccontare, sono un'artista squattrinata che a volte suona per strada, e invece una cosa così non mi è mai successa. Tu fai il broker."

"Facevo..."

"Vabbè, non essere pignolo. Comunque, a parte il lavoro,

ti descrivi come un tipo problematico, pieno di brutti ricordi, invece mi hai appena raccontato questa specie di sogno a occhi aperti."

"Ok, ma è stata un'eccezione. E infatti sono qui a raccontartela, dieci anni dopo."

"E lei, la ragazza con cui hai girato nel castello di Amleto con la luna piena? Che fine ha fatto?"

Lorenzo aggrotta le sopracciglia. "Ah! Ci siamo lasciati due settimane dopo essere tornati a Roma."

Zoe fa un'espressione dispiaciuta. "Ho sempre pensato che sia triste avere un ricordo così romantico con la persona sbagliata. È proprio ingiusto, non dovrebbe accadere."

"Quindi siamo entrati ufficialmente nell'argomento *Storie d'amore del passato*?" dice Lorenzo con un filo di sarcasmo.

"Ci tocca, non possiamo evitarlo. Parlami di lei."

"Si chiamava Lisa. Si chiama, non è morta. Non che io sappia, almeno. Ci siamo visti per qualche mese, poi è finita. Non è stata una storia importante."

"Ne hai avute di importanti?"

"Una sola, con la persona che ho frequentato più a lungo. Giovanna."

"Parlami di lei."

Lorenzo fa una pausa, distratto da una coppia che li sta fissando. Probabilmente li hanno visti cantare al locale. "Era fantastica. Peccato che io fossi all'inizio del mio periodo buio. Ho cominciato a giocare poco dopo averla conosciuta, si è beccata il peggio di me."

"Siete rimasti in contatto?"

"Non la vedo da anni. L'ultima volta le ho scritto su Facebook di notte, ubriaco... un paio d'anni fa. Mi ha risposto il giorno dopo, abbiamo chattato un po'. Si è sposata e ha avuto due figli. Non sembrava provare rancore verso di me, nonostante tutte le volte che l'ho delusa."

“È successo spesso?”

“Sì. Ero molto innamorato di lei, credo.”

“Credi...”

“Ma era un periodo davvero confuso. E il fatto che non ce l’avesse con me mi faceva sentire ancora più un coglione.”

Zoe ascolta attenta, adesso è sveglissima. “Si vede che pure in mezzo a tutta quella confusione riuscivi a farla sentire amata.”

“Dici? Non lo so... Forse è semplicemente una persona buona, capace di perdonare.”

“Posso dirti una cosa?” E senza attendere risposta Zoe continua: “Tu non sei come ti vedi. È come se ti guardassi dentro uno specchio deformante che tu stesso hai costruito. Dovresti cominciare a considerare la possibilità di essere meglio di quello che credi”.

Lui le fa notare che forse non lo conosce ancora abbastanza.

“È vero, ma questo è quello che mi arriva da te. Tu non sembri uno stronzo, Lorenzo. Sembri un tipo sincero. Perfino quando mi raccontavi tutte quelle palle, la prima sera che ci siamo visti.”

Lui abbassa lo sguardo, tormenta un pezzetto di uovo nel piatto. “Mi hai detto una cosa molto bella. Forse però il mio specchio è normalissimo, forse sei tu che mi vedi migliore di come sono.”

Lo squillo del telefono arriva con un tempismo eccezionale. È Jack, dice che il vecchio Chevy non se la cava poi così male: ha solo dovuto aggiungere un po’ d’olio e dare una pompatina alle gomme. Se loro sono pronti, glielo riporta tra dieci minuti.

“Il furgone è a posto, tra poco ripartiamo,” annuncia Lorenzo. “Prima però dimmi di te. Voglio sapere chi è il tuo *Giovanna*.”

“Non ce l’ho. Ho avuto un Thomas, lo sai già, ma ti risparmio i dettagli. Diciamo che non c'è nessuno di cui potrei parlarti con la faccia che avevi quando mi stavi raccontando di Giovanna."

"Che faccia avevo?"

"Quella che qualsiasi ragazza vorrebbe vedere quando il suo ragazzo parla di lei."

"Ma allora perché ha fatto due figli con un altro?"

"Perché spesso la vita è fuori tempo, specialmente quando si tratta di storie d'amore. Come un pezzo suonato male. Persone giuste al momento sbagliato."

"E ci sono anche persone sbagliate al momento giusto?"

Zoe ci mette un po' a rispondere. "Certo, ne è pieno il mondo. Spesso restano insieme per tutta la vita. Sono quelli che spingono il carrello del supermercato guardando nel vuoto, mentre l'altro sceglie i cereali. Li riconosco quelli così, hanno un'espressione che ti fa sentire fortunato già soltanto perché non sei come loro. Tu sei lì, da solo, con le tue monoporzioni di maccheroni al formaggio surgelati... che, intendiamoci, è comunque una cosa abbastanza triste... eppure pensi che non vorresti mai essere al loro posto."

"E io e te?" chiede Lorenzo.

"Io e te cosa?"

"Come siamo? Cosa siamo?"

Zoe spalma con tutta calma il burro di arachidi su una fetta di pane tostato, Lorenzo non le toglie gli occhi di dosso. Sembra quasi che il brusio della sala si metta in pausa, come se tutti aspettassero quella risposta insieme a lui.

"Pensavo lo avessi capito: io e te siamo i re del karaoke!"

45.

Ottocento chilometri. Ancora ottocento chilometri per arrivare a Memphis. Impensabile farli in una sola tappa, una sosta più o meno a metà strada è una scelta piuttosto obbligata. Zoe non ha dubbi: il posto in cui si fermeranno non può che essere quello, la città più musicale degli Stati Uniti, patria di tanti artisti famosi, piena di studi di registrazione, locali, fabbriche di chitarre, musei tematici: Nashville, Tennessee.

Lorenzo protesta, Zoe ha scelto una tappa in più delle tre consentite dal regolamento, adesso gli tocca un bonus.

Zoe gli ricorda che era andato in paranoia quando era venuto fuori il meccanismo delle tre tappe a testa.

Non è esattamente "venuto fuori", le fa notare Lorenzo, perché quella regola se l'è inventata lei di sana pianta, non ne hanno discusso.

Sorridono, c'è leggerezza nei discorsi. È così tra loro. Fin dal primo incontro, e sempre più col passare dei giorni. Le parole scorrono fluide, proprio come le ruote sull'asfalto dell'America che stanno attraversando. È come una jam session, con loro due a improvvisare, senza spartito, mossi solo dal desiderio. Qualcosa perso lungo la strada da entrambi, compressi in vite che erano arrivate a un punto morto. Letteralmente, nel caso di Lorenzo, in maniera meno traumatica per Zoe.

Viaggiano sulla Interstate 40, intorno il paesaggio di quella parte della Carolina del Nord è lussureggiante, una vegetazione dai colori accesissimi che suggella il buonumore dei passeggeri dello Chevy, col motore appena tirato a lucido dalle sapienti mani di Jack.

Nashville è a circa cinquecento chilometri in direzione sud-ovest. Non è poco, ma Lorenzo e Zoe non hanno fretta. Ci sono soltanto parole da dirsi, storie da raccontarsi, sorrisi da regalarsi. Segreti da svelare.

"Ti va se a Nashville ceniamo con un mio amico?"

Lorenzo è spiazzato, ci mette un po' a capire il perché: è la prima volta che si profila all'orizzonte l'eventualità di aprire il loro mondo a qualcun altro. È disorientato, si chiede come sarebbe *dividerla* con qualcuno. Non si tratta di possesso, si dice mentre riflette sulla possibilità, tentando quasi di visualizzarla. A turbarlo è l'idea di far diventare il loro microcosmo qualcosa di più normale, come se temesse di scalfire l'armonia preziosissima che si è creata fra di loro.

"Sembrerebbe un no," dice Zoe.

"Figurati, va benissimo. Ero solo distratto dal panorama."

Lei gli lancia un'occhiata sorniona. "Sai qual è la cosa che mi piace di più, tra di noi?"

Lorenzo la guarda, le dita affusolate sul volante e il profilo ormai familiare sullo sfondo verde del paesaggio che scorre veloce fuori dal finestrino.

"Che non possiamo proprio raccontarci bugie. E nemmeno dirci frasi di circostanza. Quando succede è come se le parole uscissero dalla bocca colorate, tipo rosa shocking... Cosa c'è che non va?" gli chiede lei.

"Non so se sono pronto."

"Pronto per cosa? Per cenare con un mio vecchio amico?"

"Pronto per vedere come sarebbe entrare nel mondo reale."

"Cosa intendi? Io e te viviamo forse in una realtà parallela? In un mondo immaginario?"

"Non fraintendermi. È solo che è successo tutto così in fretta; e non è che attraversare gli Stati Uniti per andare a rubare una chitarra sia proprio normale... L'idea di una serata del genere... non so, mi mette un po' di ansia. Ma doveva capitare, quindi va bene. Anzi, scusami." Lorenzo scuote la testa. "Lo vedi come sono io? Altro che specchio deformante! La verità è che sono un tipo strano, Zoe. Un accollo."

Tenta di stemperare con un sorriso, l'aria entra dai finestrini, sembra venirgli in soccorso.

Zoe alza il volume della radio, c'è *Little wing* di Jimi Hendrix. Lo guarda per un attimo, poi torna con gli occhi sull'asfalto.

"Noi non siamo dentro una bolla. Siamo sulla strada, insieme. Non so dove stiamo andando. Cioè, a rubare una chitarra nel Mississippi, certo, ma a parte quello non me lo chiedo." Si volta e gli sorride. "Forse potresti fare lo stesso anche tu. Forse potremmo soltanto goderci il viaggio."

Nello sguardo di Lorenzo adesso c'è un vago senso di colpa. "Me lo sto godendo, credimi. Tanto che vorrei non finisse più. Come quando mangi il gelato e lo lecchi piano. Succede anche a te?"

"Solo quando è davvero buono."

"Chiaro," fa lui.

"Gusti preferiti?" chiede Zoe spostando la conversazione su un argomento più leggero.

"Io vado sul tradizionale: pistacchio e nocciola. Tu?"

"Anch'io niente di originale: fragola e cioccolato."

Silenzio. Lei guida, lui è immerso nei suoi pensieri.

"È cambiato tutto," dice all'improvviso Lorenzo.

"Cosa?"

"La vita, il mondo. Il modo in cui mi sveglio al mattino. La mia mente, che adesso non è più... affollata. Da quando ci sei tu è tutto diverso."

Zoe rallenta, mette la freccia e accosta.

"Perché ci stiamo fermando?"

"Perché ho voglia di baciarti."

46.

Wayne non è uno che legge i quotidiani. Tuttavia, quando fa colazione al deli sotto casa non disdegna di dare un'occhiata a quelli messi a disposizione dei clienti. Ordina uova strapazzate con doppio bacon e un Bloody Mary, si siede su uno sgabello e in attesa del cibo li sfoglia rapidamente. È così che viene a saperlo: "Arrestato Xiao Hu, il Duca Giallo al centro di numerose indagini negli ultimi anni".

Quando legge il titolo, quasi gli viene un colpo. Afferra il giornale per leggere il trafiletto, stampato in un box nella pagina locale: "È stata una denuncia a mettere in guardia la polizia di Manhattan. R.P. aveva chiesto aiuto in merito a una storia di usura: Hu gli aveva prestato un'ingente somma di denaro e quando l'uomo gli aveva comunicato di non potergliela restituire nei tempi stabiliti lo aveva fatto prima minacciare e successivamente aggredire da un suo collaboratore, Vincent Hasting, anch'egli arrestato. I due sono stati condotti in una cella del Metropolitan Correctional Center in attesa del processo".

Wayne ha l'aria talmente sconvolta che uno dei ragazzi cingalesi che gestiscono il deli gli chiede se va tutto bene.

"Sì, sì, grazie. Ho dormito male, cazzo. Anzi, sai cosa?

Niente uova, fratello, ho bisogno di uscire a prendere un po' d'aria."

Probabilmente non gliel'ha data a bere, ma Wayne saluta, esce e tira fuori il telefono dalla tasca, deciso a mandare una mail al suo amico italiano.

47.

Dal ponte pedonale sul fiume Cumberland si vede lo skyline di Nashville. Zoe e Lorenzo lo attraversano a passo lento, mentre, una dopo l'altra, si accendono le luci di Downtown, regalando al panorama un tocco di magia. Sono arrivati nella città della musica verso l'ora del tramonto, dopo un viaggio scandito, come al solito, da discorsi appassionati e canzoni alla radio. Si sono sistemati in un piccolo albergo non lontano dal Ryman Auditorium, uno dei luoghi simbolo della città, dove per trent'anni si è tenuto il *Grand Ole Opry*, uno dei programmi radiofonici più famosi della storia americana, in onda ininterrottamente dal 1925. Ci hanno suonato tutti i grandi del bluegrass e del country, e anche altri, come Bob Dylan ed Elvis, che in quell'occasione, peraltro, non aveva riscosso un grande successo.

"Ti ho portato qui per farti conoscere Johnny e June."

"Due tuoi amici?"

Zoe sorride. "In un certo senso, sì. Johnny Cash e June Carter, i protagonisti della storia d'amore più romantica e struggente di tutti i tempi."

"Più della nostra?"

"Te lo saprò dire fra una trentina d'anni."

Stanno mostrando i biglietti all'ingresso, pronti a fare un tour di quello che oggi, oltre a ospitare ancora concerti, è diventato anche una specie di museo celebrativo della storia di quei trent'anni di show.

"Ecco, è qui che si incontrano per la prima volta," dice Zoe facendo un cenno in direzione del palco. "Lei è in concerto con sua madre e le sue sorelle, la Carter Family è un mito del country americano. Sono stati sul palco per decenni, con nuovi membri che si aggiungevano di volta in volta. Johnny allora è un ragazzino, frequenta l'ultimo anno di liceo. È venuto qui in gita."

"Colpo di fulmine?"

"Esatto. Quella sera promette a sé stesso di parlare a June la prossima volta che si vedranno. E qualche anno dopo le parla davvero. Lui nel frattempo è già famoso, e ha già iniziato a fare casini."

"In che senso?"

"Come tanti altri geni della musica, è piuttosto autodistruttivo: droga, alcol, pillole. Più avanti ci sarà anche un tentativo di suicidio."

Lorenzo si accorge di un certo imbarazzo di Zoe, la rassicura e la prega di andare avanti.

"Qualche anno dopo, Johnny torna qui da lei, ma stavolta la raggiunge nel backstage e le dice: 'Un giorno io e te ci sposeremo'. Peccato che siano entrambi già sposati."

"Ho sempre ammirato quelli che hanno questo coraggio. I genitori di un mio amico, per esempio: lei era in panne con la macchina, lui si avvicina e le dice: 'Posso fare qualcosa per lei?'. Lei lo guarda e risponde: 'Sposami!'. Non ci crederai, ma si sono sposati davvero."

"Ma che romantici!"

"Insomma... Dopo due anni si sono lasciati."

Zoe, un po' delusa dal colpo di scena, riprende il suo racconto: "Invece la storia di Johnny e June è solo all'inizio".

"Siamo rimasti alla proposta impossibile. Lei cosa gli risponde?"

"Ovviamente, gli dice che non si può fare. Ma lui le piace, e così cominciano a collaborare, diventano una coppia artistica senza coinvolgimenti passionali... almeno per il momento. Ma chissà quanto si desideravano, mentre cantavano insieme."

"E quand'è che..."

Zoe si volta e lo guarda dal basso verso l'alto: "Non avere fretta. Quei due ci hanno messo anni a capire di non poter fare altro che stare insieme, tu puoi essere paziente e aspettare di ascoltare il resto della storia?".

Lorenzo sorride: "Mi scusi, signora maestra".

"Prego," risponde Zoe magnanima, e riprende a raccontare: "Lui le chiede di sposarlo praticamente tutti i giorni, anche perché nel frattempo il suo matrimonio è finito. Peccato che continui anche a vivere in quel modo, sempre più al limite, e che June non riesca a fidarsi di lui".

"Sì, ma così potrebbero andare avanti all'infinito..."

"E invece no: qualche tempo dopo, in Canada, Johnny glielo chiede sul palco, davanti a migliaia di spettatori. Lei, che intanto ha a sua volta divorziato, finalmente accetta. Non si lasceranno mai più."

"Insomma, era solo questione di tempo. Era destino che stessero insieme. Lui poi si è dato una raddrizzata?"

"Sì, per un bel po' non beve e non si droga, e registra i suoi dischi più famosi. Ma verso gli anni settanta la sua popolarità diminuisce, e allora ricomincia... Nonostante tutto, June continua a dire che sarà lei la prima ad andarsene, e alla fine va proprio così: muore per un problema cardiaco, ma Johnny non ce la fa senza di lei, e qualche mese dopo la raggiunge."

Lorenzo rimane in silenzio. Non può fare a meno di pensare a certe sue abitudini pericolose. Forse lui è come Johnny, forse quelli come loro sono segnati dalla nascita, hanno qualcosa di rotto in fondo all'anima, una ferita sanguinante che non si chiude mai. Almeno lui era Johnny Cash, una leggenda della musica, non Lorenzo Maltoni, un ex broker con un padre di merda e il vizio del gioco che va in paranoia all'idea di cenare con un vecchio amico della sua ragazza. Che poi, Zoe è la sua ragazza? Si rabbuia, e lei lo capisce. C'è tanta energia tra di loro che è impossibile non accorgersi di cosa si muove sotto la pelle. Un'intensità che rende evidentissimo il minimo cambiamento interiore, come se i loro volti fossero tele su cui affiorano gli stati d'animo, senza filtri, senza barriere.

"Lo so cosa stai pensando," dice Zoe mentre escono dall'auditorium.

"Sì, eh? Sentiamo."

"Che stai morendo dalla fame!" dice lei prendendolo per mano.

"Veramente non tanto."

"Vabbè, la fame ti verrà. Andiamo a mangiare il pollo fritto piccante, sentirai che bomba!"

"Col tuo amico?"

"Sì. Sono sicura che ti piacerà."

"Il pollo o il tuo amico?"

"Tutti e due."

48.

L'appuntamento è alle nove. Il ristorante si chiama The Heritage, Zoe lo ha scelto per via delle ottime recensioni online. L'ambiente è carino senza essere pretenzioso, legno chiaro e carta da parati che raffigura alcuni tra i protagonisti del mondo musicale di Nashville.

"Guarda, ci sono Johnny e June!" dice Zoe cercando di contagiare Lorenzo col suo entusiasmo, e siccome lui non reagisce gli propone di ordinare qualcosa da bere, aspettando Marcus.

Quando la cameriera arriva con una birra per lei e un vodka sour per lui, l'atmosfera al tavolo è tesa.

"Quindi, questo tuo amico è un produttore, ho capito bene?" chiede Lorenzo già sulla difensiva.

"Sì. Qui a Nashville è quasi un'impresa trovare qualcuno che non si occupi di musica. Ci siamo conosciuti perché anni fa ho registrato una parte di chitarra in un disco prodotto da lui. L'ho suonata in uno studio a New York e poi gliel'abbiamo mandata. È molto bravo, un paio di volte è stato anche in nomination ai Grammy."

"Quindi, non vi siete mai visti?"

"Sì, certo: un paio di volte a New York. È una persona davvero in gamba."

Avete avuto una storia?

La domanda è ferma sulle labbra di Lorenzo, che deve sforzarsi per tenerla lì. Finire il drink in un sorso solo è la soluzione che sceglie. Chiama la cameriera, ne ordina un altro, Zoe lo guarda vagamente preoccupata.

"Eccolo... Marcus!"

Giacca di pelle nonostante la serata calda, fisico atletico, lunghi capelli biondi e stivali che a New York sarebbero totalmente fuori contesto. Ma questa è Nashville. Zoe si alza e lo abbraccia, Lorenzo non può fare a meno di notare che sembrano molto in sintonia. Lei glielo presenta, si stringono la mano, Lorenzo fa fatica a ricambiare il sorriso, in compenso si finisce anche il secondo cocktail e chiama la cameriera per ordinare un terzo giro, senza chiedere al nuovo arrivato se vuole bere qualcosa.

Marcus intanto chiacchiera con Zoe: "Come stai? Che ci fai da queste parti?".

Lei gli racconta del loro viaggio verso sud. "Ho detto a Lorenzo che questa è una delle città più musicali degli Stati Uniti."

Marcus ride. "Eh sì, da queste parti diciamo che quando non suoni vai a sentire qualcuno suonare."

La battuta fa sorridere Zoe, Lorenzo invece rimane impassibile. Osserva Marcus, la disinvoltura con cui, sfilandosi la giacca, ordina un Bloody Mary, la sua voce calda che sembra quella di un dj radiofonico. Comincia a trovarlo fastidioso, detesta l'evidente complicità tra lui e Zoe, soprattutto quando Marcus racconta del suo lavoro: "Sono contento, ma ho preso troppi impegni. Sto finendo quattro dischi contemporaneamente e la sera, quando torno a casa, se qualcuno nel building mette della musica, urlo".

Lorenzo guarda il cellulare e intanto con un lungo sorso si finisce un altro drink.

"Tu invece cosa fai?" gli chiede Marcus. Il sorriso è gentile, l'interesse sembra sincero.

"Il broker," risponde lui con voce impastata. "Facevo il broker, ma poi mi hanno trombato, fottuto. Capisci cosa intendo?"

"Sì, credo di sì," risponde Marcus, e getta una rapida occhiata a Zoe come per chiederle se va tutto bene. Poi cambia discorso, vuole sapere come va al Downtown Blues. "Il proprietario è sempre un taccagno o si comporta meglio?"

"Non posso lamentarmi, ma non è il lavoro della mia vita."

"Lo so, ti conosco. Sono altri i tuoi obiettivi, ne abbiamo parlato mille volte... Hai registrato qualche pezzo nuovo ultimamente?"

"In realtà no, le ultime cose sono quelle che ho prodotto con Thomas, ricordi?"

"Sì, me le avevi mandate. Non erano male, forse mancava qualcosa, non so... un graffio, qualche dettaglio che le facesse davvero spaccare."

"Hai ragione. Credo che quel suono sia un po' una via di mezzo, troppo adulto per il pubblico giovane e troppo moderno per quello più tradizionale. Non si va da nessuna parte con quella roba," dice Zoe girando la cannuccia nel bicchiere, lo sguardo basso.

"Mi piacerebbe provare a lavorarci... Ti andrebbe?" chiede Marcus posandole la mano sull'avambraccio.

Lei mormora qualcosa sul fatto che sarebbe bellissimo, ma non crede di potersi permettere un produttore del suo calibro.

"Ma figurati!" è la pronta risposta. Marcus aggiunge che, se va bene per Thomas, lui ci lavora anche gratis. Deve solo dargli il tempo di chiudere i lavori che ha in ballo.

"Thomas non è un problema," risponde Zoe decisa. "Non ci vediamo più."

Lorenzo ascolta i loro discorsi e all'improvviso si accorge di essere completamente fuori contesto. La cosa gli genera un certo fastidio, che in un attimo si trasforma in paranoia.

Che ci fai qui?

La voce nella sua testa era sparita da un po', risentirla lo spaventa. Piano piano copre del tutto quella di Zoe e Marcus, adesso muovono solo le labbra, senza emettere suono, come personaggi di un film col volume a zero.

Che cazzo c'entri tu, con loro? Ma poi, non ti accorgi che flirtano? Dai, è evidente. Lui fa il figo, si offre di aiutarla. In realtà vuole farsela. Secondo me sei cieco.

Il suo volto ora è contratto in una smorfia di tensione. I cocktail che ha bevuto non aiutano, comincia a sudare, il cuore batte forte, ha il respiro corto. Non può restare lì, non ci riesce. Deve scappare. Come sempre.

"Vado un attimo in bagno," biascica nel bel mezzo di una frase di Marcus.

Zoe lo guarda preoccupata. "Va tutto bene, Lorenzo?"

"Sì, sì." Si alza, barcolla verso una cameriera che sta portando un vassoio pieno di alette di pollo, per poco non si scontrano, si fa indicare la toilette.

Zoe si scusa con Marcus e lo raggiunge. "Che succede? Non ti senti bene?"

"Te l'ho già detto, è tutto ok!" Lorenzo lo ha quasi gridato e adesso la fissa con occhi inespressivi, non sembra nemmeno lui. "Torna di là, che se no il cowboy cambia idea e ti fa pagare il lavoro."

"Lorenzo, credo che tu debba calmarti. È tutto ok, forse hai esagerato col be..."

"Oh, ma che palle!" sbotta lui. "Ci conosciamo da cinque minuti e ti metti a fare la maestrina? Guarda che ti ho solo chiesto di parlarmi di musica, non di darmi lezioni di vita."

Si gira e riprende la sua marcia ondeggiante verso il bagno. Lei lo prende per un braccio, lui si divincola, grida: "Ti ho detto di lasciarmi in pace!".

Si infila in bagno sbattendo la porta, apre il rubinetto, si bagna la faccia e i capelli. Si guarda nello specchio e lo sguardo che lo specchio gli restituisce non gli piace. Socchiude gli occhi, respira forte, cerca di calmarsi. Ora piscerà, butterà fuori un po' di tossine e poi tornerà a quel tavolo, chiederà scusa e tenterà di essere socievole. Lo farà per Zoe, perché lei gli piace davvero, e non ha nessuna intenzione di rovinare tutto. Sono amici, stanno solo parlando di lavoro, tutto qui. Vomiterà, se serve, ma poi tornerà da loro.

Cosa è successo, e quanto tempo è passato, tra quell'ultimo pensiero e lui che, fuori dal ristorante, si sbraccia per chiamare un taxi, Lorenzo non saprebbe dirlo.

"C'è un casinò da queste parti?" chiede al tassista, un ragazzone con il cappellino da baseball.

Da lì in poi è tutto molto confuso nella sua percezione, un video che procede a salti. C'è lui in un corridoio illuminato da un'intensa luce viola, poi è seduto a un tavolo con davanti un drink e un mucchietto di fiches, mentre una tizia con un profumo stucchevole gli dice qualcosa all'orecchio.

Nelle ultime immagini pippa in bagno con della gente appena conosciuta, ha la camicia macchiata di rosso, poi ecco arrivare un altro taxi, bofonchia al tassista l'indirizzo dell'hotel. Poi il buio, lui che scivola in un sonno spezzettato, la sensazione che Zoe sia lì, però lontana. Sembra la morte, invece è soltanto un'altra delle sue notti sbagliate.

49.

Memphis, Tennessee. È la loro prossima tappa, a tre ore da Nashville, direzione sud-ovest. Un'altra città dove il cemento delle strade è impastato con la musica. Alla guida c'è Zoe, Lorenzo è seduto in silenzio, la faccia stravolta e lo stomaco sottosopra. Tra loro, un silenzio pesantissimo.

È tornato in camera alle quattro passate. Quando è sparito dal ristorante lo hanno cercato, prima in bagno – Zoe temeva si fosse sentito male –, poi fuori dal locale.

Hanno chiesto al doorman del ristorante, che ha confermato di aver visto salire su un taxi il tipo che gli avevano descritto. Marcus si è offerto di accompagnarla a cercarlo, hanno preso un taxi anche loro e gironzolato senza trovarlo. Zoe ha ringraziato Marcus, gli ha chiesto scusa ed è tornata in albergo. Col cuore in gola, ha fatto un po' di telefonate. Novecentoundici, pronto soccorso, il ristorante, nel caso in cui fosse tornato lì. Niente. Si è messa a letto con un groviglio di pensieri che le esplodeva in testa, terrorizzata all'idea che gli fosse successo qualcosa di brutto. Quando lui è rientrato si è svegliata di soprassalto, ha capito che era tornato tutto intero e ha finto di continuare a dormire. Lui si è buttato sul divano senza nemmeno spogliarsi e dopo due minuti lo ha sentito russare.

Al risveglio non si sono detti una parola, si sono vestiti,

hanno fatto i bagagli come due estranei capitati lì per caso, e adesso sono in macchina, silenziosi, lei concentrata nella guida e lui come uno straccio bagnato sul sedile del passeggero.

Finché Zoe non ce la fa più e sbotta.

"Non puoi sparire così, Lorenzo. Mi sono preoccupata."

"Mi dispiace."

Fuori dal furgone, un placido paesaggio rurale contrasta con la tensione che si respira lì dentro.

"Non so cosa mi è preso. Cioè, lo so. Non potevo più stare lì."

"Che significa?" chiede lei in tono secco.

"I pensieri, la voce nella testa... È difficile capirlo se non l'hai mai provato."

"Che cosa ti dava fastidio? Marcus?"

"No. Anzi, sì... Eravate perfetti. Sembravate dentro un film."

"Eravamo due amici che parlavano di lavoro."

"Eravate... giusti. Dicevate le cose che era giusto dire. Con calma, senza ansie."

"E questo ti dava così fastidio?"

"Mi faceva sentire sbagliato, più del solito. Me ne sono dovuto andare via."

"Dove? Dove sei stato?"

"Al casinò. Ho giocato, ho perso dei soldi... poi ho incontrato della gente, mi hanno offerto della cocaina, ho accettato."

"Che gente era? Ti sei messo nei guai?"

"Non devo soldi a nessuno, se è questo che intendi. Cioè, non devo *altri* soldi."

"Avresti dovuto dirmelo che stavi male. Saremmo andati via."

"Figurati. Ti stavi divertendo, perché rovinarti la serata?"

"Già. Scappando, invece..."

"Mi dispiace, ti ho detto. Sono fatto così, ho provato a spiegartelo. Non posso essere guarito in quattro giorni, che ti aspettavi?"

"Che mi aspettavo? Ma cazzo!" Zoe dà una botta sul volante, Lorenzo si spaventa. "Niente, non mi aspettavo niente! Sei tu che sei venuto da me! Chi ti ha cercato? Ma sì, hai detto bene, che mi aspettavo da uno che se ne sta in Park Avenue fatto, ubriaco e senza scarpe?" Accosta e spegne il motore, dopo essersi accertata che non arrivi nessuno.

Lorenzo la guarda, vede il suo volto trasfigurato dalla rabbia. Ecco un'altra versione di lei, la Zoe fuori controllo, capace di urlargli una cattiveria calcolata, una sequenza di parole scelte apposta per ferirlo. Ma ha ragione, è questa la verità. Prima o poi doveva succedere e ora è successo, stanno litigando nel bel mezzo di una strada sperduta del Tennessee. Eccola Zoe, la bocca contorta, gli occhi stretti, la fronte corrugata, la voce come una lama che sposta di peso l'aria nell'abitacolo per andare a conficcarsi proprio lì, nella carne di Lorenzo, tra i suoi nervi scoperti. Non la biasima, neanche per idea. Lui ha fatto come sempre, come ogni volta che qualcuno gira lo specchio e gli mostra la bellezza che vede in lui, terrorizzandolo a morte. Allora rimane solo una possibilità: prendere tutta quella meraviglia e in un attimo farne macerie. Scappa, ecco come si comporta in questi casi.

Apre lo sportello, esce dal van e comincia a camminare, al centro esatto della strada, mentre sente gli occhi gonfiarsi di lacrime. Zoe vede le spalle curve, le mani tra i capelli, i passi incerti a cavallo della linea di mezzeria. D'istinto controlla nel retrovisore che non sopraggiungano macchine, poi riparte lentamente, seguendolo. Gli suona, una, due, tre volte, lui continua ad andare. Accelera quel tanto che basta, ora è alla sua sinistra.

"Sali!" gli urla. "Sali, Cristo!"
Non risponde.
"Lorenzo! Sali su questo cazzo di furgone!"
Sterza, gli taglia la strada. In quel momento un clacson assordante, una macchina schiva di pochissimo lo Chevy e Lorenzo, fermo in mezzo alla carreggiata. Zoe vede con la coda dell'occhio un braccio fuori dal finestrino, qualcuno che inveisce contro di loro. Dura un secondo, poi sparisce. Lei adesso respira a fatica, si allunga ad aprirgli lo sportello. Lui lo richiude e si rimette a camminare, stavolta verso il bosco che costeggia la strada.
Di nuovo Zoe accosta, spegne il motore, scende e comincia a seguirlo. Lorenzo adesso corre, si mette a correre anche lei.
"Ti fermi, per favore?" gli urla.
Nonostante la nottataccia ha ancora energie da spendere, Zoe fa fatica a stargli dietro. "Fermati, Lorenzo!"
C'è un sasso nascosto nell'erba, lei inciampa e si ritrova lunga distesa, quando Lorenzo se ne accorge torna indietro di corsa.
"Stai bene?" le dice chinandosi su di lei.
"Credo di sì," risponde con voce incerta, mentre lui le tasta delicatamente braccia e gambe. Lei guarda le sue mani, lo tira a sé, in un attimo Lorenzo è sopra di lei.
"Possiamo tornare indietro? Possiamo essere di nuovo quelli di prima?" gli dice sottovoce, il viso premuto contro il suo collo.
Lorenzo si scosta, la guarda negli occhi. "Scusami. Mi dispiace tanto, Zoe."
"Possiamo o no?"
"Possiamo."
Restano così, in silenzio, per dieci secondi. Poi lo attira a sé e lo bacia. Una, due, tre volte. Rimangono lì, distesi sull'erba, il furgone poco lontano sembra un fedele cagnone metallico che li aspetta con pazienza.

"Ce la fai a camminare?" le chiede aiutandola a rialzarsi, lei fa cenno di sì. Ritornano verso lo Chevy, risalgono a bordo. Lorenzo si mette alla guida.

Un altro silenzio piomba tra di loro, ma è diverso. Questo assomiglia all'intro di una canzone mai sentita prima, l'hanno appena scritta insieme: parla della fine della paura e di un nuovo inizio.

50.

Succede spesso, la domenica mattina. Tornano dalla messa, suo padre appoggia il vassoio dei dolci sul tavolo e va verso il giradischi. Pochi secondi e una voce inconfondibile si diffonde nell'aria. *Blue suede shoes* e *Jailhouse rock* sono le sue preferite. La moglie è nell'altra stanza a togliersi scarpe e soprabito, ma non appena sente Elvis lo raggiunge e si mettono a ballare. Lorenzo è in camera sua, seduto sul letto. Non gli piace andare a messa, passa il tempo a guardare il padre salutare con un cenno le persone che incrocia con gli occhi, mentre la voce del sacerdote gli rimbomba nelle orecchie.

"Lo rispettano tutti, tuo padre," ripete sempre la mamma.

Lui pensa che, se solo vedessero come si comporta in casa, forse non lo rispetterebbero più tanto.

Ieri sera, per esempio: erano a tavola, lui aveva finito e ha chiesto se poteva andare a giocare col Game Boy in camera sua. A un certo punto hanno iniziato, come al solito:

"Chi è quella? Ti hanno visto con lei al bar del Fico. Almeno potresti sceglierne un altro, invece di andare nello stesso in cui porti me".

La voce della mamma tremava, ma si sentiva che cercava di controllarsi.

"Nessuno, Mela'. Te l'ho detto, è una con cui lavoro."

"E tu con la gente con cui fai affari ti comporti così?"

"Ma così come?"

"Le toccavi i capelli."

La voce della mamma cominciava a salire di tono.

"Ma che stai a di'? La gente se inventa cose, lo sai che so' tutti invidiosi..."

Erano andati avanti così per un po', poi avevano cominciato a urlare. Lorenzo a quel punto si era messo le cuffie e aveva fatto partire i Nirvana a tutto volume, ma poi non ce l'aveva fatta, se le era tolte, voleva sentire. Vedere. In punta di piedi era andato a sbirciare dallo spiraglio della porta della stanza da pranzo. Quando aveva visto suo padre colpirla con un ceffone, sua madre perdere l'equilibrio e cadere dalla sedia, trascinando con sé la tovaglia con i piatti e tutto il resto, era tornato di corsa in camera e si era rimesso le cuffie, *Smells like teen spirit* che gli sfondava le orecchie e le lacrime che chiedevano di uscire.

Eppure adesso eccoli là, sua madre torna in sala scalza, lui le tende il braccio e lei gli prende una mano. Elvis canta e loro ballano come se niente fosse, come se lei avesse ancora una volta accettato che è così che funziona, è lui che comanda, lui a decidere come e quando far finire le discussioni. Come se raccogliere quei cocci dal pavimento della stanza da pranzo e buttarli nella pattumiera fosse bastato a cancellare lo schiaffo, la violenza. E quelle mani che toccano i capelli di un'altra.

51.

Hanno preso una stanza al The King's Hotel, un albergo tematico a due passi dalla residenza di Elvis, creato apposta per accogliere i visitatori in pellegrinaggio. Zoe ha cercato di dissuadere Lorenzo, "è una trappola per turisti", ma lui ha insistito, ricordandole che è la sua tappa e quindi decide lui: staranno lì, come una coppia di fan adoranti. Sarà come se andassero a trovare Elvis e lui li ospitasse nella dépendance di casa sua.

L'albergo è tutto viola e oro e una foto di Elvis in giacca dorata campeggia sulla parete di fronte al letto della loro stanza. Zoe è perplessa.

Lorenzo non vede l'ora di andare a visitare Graceland, così Zoe si infila subito sotto la doccia. Quando lui la raggiunge di soppiatto lei caccia un urlo, poi lo abbraccia e richiude la porta del box alle sue spalle. Il bagnoschiuma ha un buonissimo profumo, Zoe schiaccia due volte il dosatore per riempirsi una mano e comincia a insaponare la schiena e il petto di Lorenzo, che non smette di baciarla.

Le mani di lei percorrono ogni centimetro del suo corpo, in un attimo si ritrovano avvinghiati sotto lo scroscio d'acqua tiepida, circondati da un vapore denso, il respiro sempre più affannoso, quello di lei che si trasforma in un gemito prolungato fino a diventare un altro urlo, diverso dal primo, a liberare un piacere talmente intenso da lasciarla senza forze.

Sono stati i loro corpi a finire il lavoro, come se avessero deciso che dopo la lite qualcosa era rimasto in sospeso, bisognava fare la pace per davvero. Si ritrovano stesi sul letto, abbracciati, piano piano scivolano nel sonno.

Il primo a riaprire gli occhi è Lorenzo, ci mette un po' a ricomporre il quadro. Si gira verso Zoe, che dorme con un leggero sorriso sulle labbra. È così bella che non può credere di averla lì con lui, non gli sembra vero. Si guarda intorno, come a cercare in quella camera pacchiana la conferma che quello che vede è reale, come dovessero essere il comodino nero dai bordi dorati, il lampadario in finto cristallo e la faccia di Elvis appesa al muro a rassicurarlo, a dargli la certezza che non sta sognando, che di tutta la superficie terrestre quella ragazza ha scelto di stare proprio lì, in quel pezzetto, insieme a lui.

Un'ora dopo sono fuori dall'hotel, diretti verso il numero 3734 di Boulevard Elvis Presley, l'ingresso di Graceland, il posto dove la leggenda del rock 'n' roll visse a lungo ed è sepolto. È una mastodontica casa coloniale, acquistata nel 1957 per centomila dollari. Lorenzo lo ha letto su un cartello all'ingresso, c'è scritto anche che Graceland è la seconda residenza più visitata degli Stati Uniti, e infatti c'è una lunga fila di persone di tutte le età ed etnie, famiglie, gruppi, ma anche coppie e persone sole, qualcuno travestito da Elvis – un'umanità bizzarra giunta fin lì da ogni angolo del pianeta per omaggiare The King.

Finalmente arriva il loro turno. La casa è sfarzosa, ma tutto sommato meno kitsch di quanto si aspettassero: il salone, con un divano enorme in raso bianco, la sala da pranzo dominata da un gigantesco lampadario, la cucina dove venivano preparati i celeberrimi sandwich da migliaia di calorie che Elvis divorava a qualsiasi ora del giorno e della notte, la camera da letto di sua madre e la Jungle Room, uno studio di registrazione in stile polinesiano.

Mescolati a una folla variegata, Zoe e Lorenzo scendono una rampa di scale con pareti completamente ricoperte di specchi che portano al seminterrato: lì ci sono diversi salotti, un biliardo e una quantità imprecisata di televisori. Elvis li guardava tutti contemporaneamente, la leggenda narra di una sera in cui, in preda a chissà quali visioni, cominciò a sparare per spegnerli.

Lorenzo chiede di visitare il secondo piano, con le camere da letto, lo studio e il bagno dove Elvis the Pelvis morì in circostanze misteriose. Quando scopre che quell'ala della casa è chiusa al pubblico, non nasconde un certo disappunto. Zoe allora lo guida fuori, nel parco pieno di padiglioni: la palestra dove pare che Elvis avesse giocato a volano la sera prima di morire, lo studio di suo padre, un salotto con pianoforte dove, quella stessa sera, suonò per gli amici *Blue eyes crying in the rain* di Willie Nelson.

L'ultimo padiglione nel quale si imbattono è un vero e proprio Vittoriale, con dentro una tonnellata di memorabilia: centinaia di abiti, ritratti, statue, parrucche, copertine di riviste incorniciate, le sue chitarre, sulle quali Zoe si sofferma con molta attenzione, i tanti premi vinti nel corso della carriera.

Zoe e Lorenzo osservano tutto con curiosità, immersi in un silenzio pieno di ammirazione ma al tempo stesso coperto da un velo di tristezza. Poi costeggiano la piscina: da lì si vede il Meditation Garden, nel quale Elvis cercava rifugio dalla sua vita convulsa e allucinata, tentando, probabilmente invano, di rilassarsi con la sua famiglia. Concluso il giro del parco si ritrovano davanti alla tomba, dove The King è sepolto accanto al gemello Vernon, morto alla nascita. C'è una certa emozione nei loro occhi mentre guardano la lapide, Zoe si gira a osservare gli altri visitatori, è un momento intenso: prende la mano di Lorenzo, gli appoggia la testa sulla spalla. Le è appena tornata in mente una delle sue canzoni preferite tra quelle di Elvis, *Suspicious Minds*.

Un piccolo van davanti all'ingresso li porta a visitare un'altra grande area di là dal boulevard, dove, in una serie di padiglioni, sono esposti tantissimi altri oggetti appartenuti a Elvis: scenografie dei suoi film, i suoi aerei privati, le decine di auto di lusso che possedeva, tra le quali la celeberrima Pink Cadillac.

Quando lasciano Graceland e camminano lentamente in silenzio verso l'albergo, sono di un umore indefinito.

"Mai visto un posto così," dice all'improvviso Lorenzo. "Tutto è messo lì per darti l'idea della grandezza, del trionfo, eppure quando esci sei sotto un treno. Guardaci..."

"Forse per te è anche peggio," dice Zoe sottovoce.

Sì, ammette lui, Elvis gli ricorda brutti momenti, la sua musica era la colonna sonora di tutte le cose sbagliate che succedevano in casa. Erano tante. Quasi tutte. "Ogni volta che ascolto una sua canzone, nella mia testa partono immagini che vorrei cancellare."

Sono ormai in vista dell'hotel. Come Graceland è pieno di luci ma ha qualcosa di irrimediabilmente triste. Lorenzo si ferma, si gira verso Zoe.

"Sai cosa mi fa più rabbia? Che mio padre non si sia mai reso conto di quanto male ha fatto a me e a mia madre. Lui pensa di aver fatto il suo dovere. Non ci ha fatto mai mancare niente, quindi che cosa vogliamo?" Scuote la testa. "Sai che ti dico? Uno dovrebbe poterselo scegliere il padre. Magari, per un altro uno come il mio sarebbe stato perfetto. Ma non per me."

Zoe gli prende la mano: "Dobbiamo cercare di andare avanti, di ripartire da noi".

"Ci sto provando."

Quella sera si addormentano abbracciati.

La loro prossima destinazione è Clarksdale, Mississippi. Ci sono una chitarra e un crocevia maledetto ad aspettarli.

52.

Sono le undici in punto quando escono dall'ascensore e marciano in formazione sul tappeto rosso verso la maestosa fontana al centro della hall. In quel preciso istante parte *King Cotton March*, un brano trionfante di John Philip Sousa. Le anatre sembrano conoscerlo a memoria, a tratti pare quasi che vadano a tempo. Lorenzo è allibito, poi scoppia a ridere, imitato da Zoe.

Accade due volte al giorno, ininterrottamente dal 1932. La sera le Peabody Ducks fanno il percorso al contrario, escono dalla fontana e rientrano in ascensore.

Zoe aveva proposto a Lorenzo di iniziare la visita alla città da un albergo nel quale si tiene uno showcase, così gli aveva detto, e quando lui aveva chiesto dettagli era rimasta sul vago: anticipando anche solo qualcosa avrebbe rovinato la sorpresa. Appena entrati al Peabody Hotel c'era già un bel po' di gente, gli aveva detto che "il gruppo stava per uscire dall'ascensore, pronto a esibirsi": quando Lorenzo ha visto le cinque anatre, ha fatto una faccia indimenticabile.

Zoe aveva voglia di farlo sorridere, le ultime ore sono state complicate. Dopo aver salutato le anatre marcianti riprendono il van, diretti verso Beale Street, una delle strade più famose di Memphis, piena di negozi e locali. Qui si trovano il B.B. King's Blues Club e il Rum Boogie Cafe, una casa museo in cui ha vissuto W.C. Handy, "universalmente riconosciuto come il padre del Delta Blues, soprattutto per la sua opera di divulgazione del genere musicale che diventerà segno distintivo di tutta questa parte degli Stati Uniti. Fu il primo a pubblicare una composizione in dodici misure," così legge Zoe sul telefono mentre passeggiano lungo quella strada che sprizza musica da ogni angolo. "Qui dietro c'è un negozio di chitarre pazzesco, ti va se andiamo a dare un'occhiata?"

Lorenzo accetta con un sorriso, Memphis di mattina presto lo ha messo di buonumore.

Lei lo ringrazia: "Lo so, questa tappa era tua e alla fine mi ci sto infilando. Però difficile trovarne un altro così".

"Figurati, io non conosco nulla qui, mi fido completamente di te." Lorenzo si guarda intorno: "Che posto questa città, fin qui è una delle mie preferite".

"Sono contenta che ti piaccia. E non hai ancora visto nulla, questa parte di viaggio sarà strepitosa, fidati. Siamo al Sud!"

Il negozio non è grandissimo, ma quando entrano Zoe sembra Alice nel Paese delle Meraviglie. C'è un odore fortissimo di legno e polvere, gente che gironzola tra gli strumenti, qualcuno prova una chitarra sotto gli occhi vigili di un commesso. È come se lì dentro il tempo si fosse fermato, come se a nessuno importasse niente di cosa accade fuori. Zoe passa in rassegna le chitarre esposte, soffermandosi in particolare su alcune. Su una, poi, si blocca.

"La vedi?" fa a Lorenzo, indicandola. "Guardala bene: è una Kalamazoo KG-14. È molto, molto simile a quella che andremo a prendere domani. Ovviamente è più moderna, ma la cassa, la paletta e il colore sono vicini a quelli della bambina che ci aspetta a Clarksdale."

Andremo a prendere. Detto così sembra facile, pensa Lorenzo. Osserva la chitarra con una certa apprensione, domani mattina saranno di fronte a quella teca. Qualche goccia di sudore gli imperla la fronte, Zoe se ne accorge e tenta di minimizzare. Ne parleranno in viaggio, taglia corto, adesso devono pensare solo a godersi la mattinata. Escono dal negozio di chitarre, lei imposta una destinazione sul navigatore del telefono, poi prende Lorenzo per mano e si dirige con decisione verso la prossima tappa del loro giretto a Memphis: How Bizarre – Creative Clothes.

"Facciamo shopping?" chiede Lorenzo.

"Dobbiamo cercare i nostri abiti di scena. Non possiamo entrare nel museo vestiti in modo normale."

"Stai dicendo che dobbiamo travestirci?"

"Certo."

"Come nei film?"

"I film ricalcano la realtà."

Quando varcano la soglia, si ritrovano dentro una via di mezzo tra la sartoria di un teatro e un piccolo museo della storia del costume. Abiti settecenteschi, uniformi militari, divise sportive, accessori di ogni tipo. Tutto, tranne che vestiti ordinari.

Un ragazzo altissimo con una bella faccia creola va loro incontro, chiedendo se può essere di aiuto. Zoe risponde in modo tutt'altro che vago: devono uscire da lì con una tuta da lavoro, una parrucca bionda, un tailleur della sua taglia e degli occhiali da sole abbastanza grandi da coprirle la faccia. Il commesso non può crederci, abituato com'è a clienti indecisi: urla "wow", affascinato dalla sua determinazione, la prende per mano e, chiamandola "honey", la porta verso una scala, con Lorenzo che, sentendosi un po' ignorato, li segue poco convinto.

Una rampa e si ritrovano al piano di sotto, se possibile ancora più pieno di roba. C'è un lunghissimo stand di abiti da lavoro: il commesso scruta Lorenzo per valutarne la taglia, poi gli passa una tuta grigia con un marchio rosso stampato sulla schiena. Mentre lui si avvia a provarla, Jason, è questo il suo nome, si dedica alla parte della missione che lo esalta di più: servire la sua già adorata Zoe. Guarda anche lei da capo a piedi per indovinare le misure, le dice che la trova magnifica e poi comincia a girare rapidissimo tra gli stand, tirando fuori roba da farle provare. Infine, le fa segno di entrare nel camerino: proprio mentre Zoe scosta la tenda reggendo una bracciata di abiti, si apre la tenda dell'altro camerino e, con un'espressione tutt'altro che convinta, ne esce un operaio italiano di nome Lorenzo. Jason lo squadra e gli fa un cenno di approvazione, la taglia è perfetta.

Rimangono lì in silenzio per un tempo che sembra eterno, la scena è surreale, con Lorenzo in piedi a braccia conserte dentro il suo tutone e Jason che si mordicchia le labbra, entrambi in attesa di Zoe, che da star consumata si fa attendere. Ma aspettare vale la pena, perché quando tira la tenda ed esce, rimangono a bocca aperta: il tailleur nero, la parrucca bionda, gli occhialoni. Non solo sta benissimo, è un'altra persona!

"Sarete i più fighi della festa, lo sapete, vero? A proposito: dov'è la festa? Qui in città? Direi che, dopo avervi trovato l'outfit perfetto in cinque minuti, il minimo che potete fare è invitarmi!"

Gelo. Sarebbe bello, pensano all'unisono Zoe e Lorenzo, ma vestiti in quel modo faranno tutt'altro che andare a ballare. Lei s'inventa lì per lì qualcosa su una festa a tema, tra due settimane a New York. Jason è dispiaciuto, ma quando Lorenzo e Zoe pagano e salutano, dopo essersi rimessi i loro vestiti, li abbraccia come se fossero dei vecchi cugini ritrovati.

Adesso manca solo una grossa cassa porta-attrezzi con le ruote, che servirà per nascondere la chitarra. La trovano in un

Walmart poco più in là. Su Beale Street si imbattono in una banda che suona *When the saints go marching in*. Sono ragazzini, sfilano compatti, concentratissimi sull'esecuzione.

Zoe e Lorenzo restano impalati a guardarli, i sacchetti in mano. Una paura sottile si fa strada piano piano dentro di loro, come se solo adesso, all'improvviso, si stessero davvero rendendo conto di cosa faranno domani.

53.

“Duemilatrecento chilometri da New Orleans al Minnesota, quasi tutti lungo il corso del Mississippi, attraverso il cuore del Profondo Sud degli Stati Uniti. La Highway 61 tocca molti luoghi simbolo del blues, per questo è universalmente conosciuta come Blues Highway. L’attuale Route 61 in realtà non coincide con quella originale, ma esiste un percorso che si snoda fra strade di campagna piuttosto accidentate indicato come Old Highway 61.”

Lorenzo guida, Zoe legge ad alta voce un po’ di informazioni su quella strada mitica: la stanno percorrendo nel tratto che va da Memphis a Clarksdale, un centinaio di miglia polverose a cavallo del confine tra Tennessee e Mississippi. Sono partiti verso l’ora di pranzo, il piano prevede di arrivare, dare subito un’occhiata all’ingresso del museo mentre definiscono gli ultimi dettagli, parcheggiare il van, cambiarsi e poi entrare, rigorosamente separati.

“E quindi? Quando andiamo al Crocevia del Diavolo? Prima o dopo?” chiede Lorenzo.

“Dopo, direi. Concordi?”

“Va bene. Ma è prudente restare lì intorno? Magari ci saranno dei posti di blocco, faranno dei controlli...”

Zoe minimizza. “Non credo che ci sarà una mobilitazione per il furto di una chitarra. Comunque, staremo attenti.

Parcheggeremo il furgone in un posto defilato e andremo a piedi."

"Ok. Ora che ci penso, non mi hai ancora detto qual è la tua terza tappa," fa Lorenzo.

Zoe sembra un po' imbarazzata, come se volesse proteggere un segreto. "È una sorpresa. Te lo dico quando saremo lì."

Saranno almeno venti minuti che non incrociano nessuno, il vecchio Chevrolet arranca sul fondo sconnesso. L'aria condizionata probabilmente ha smesso di funzionare nel 1998, nessuno ha mai ricaricato il gas. Oggi ne risentono di più, la giornata è molto umida, forse la peggiore da quando sono partiti da New York. Il clima è intonato al paesaggio, che pare uscito direttamente dal testo di un blues degli anni trenta: distese di cotone interrotte solo dalla striscia d'asfalto della strada, qualche fattoria qua e là e poi le *cotton pickers*, le gigantesche macchine per la raccolta, che se ne stanno parcheggiate nei campi come mostri addormentati pronti a entrare in azione. Il cartello WELCOME TO MISSISSIPPI che spicca sullo sfondo verde intenso degli alberi attira l'attenzione di Zoe.

"Stiamo entrando nel cuore della musica! Tutto è cominciato qui."

Lorenzo si guarda intorno, le parole di Zoe rendono quei luoghi ancora più fascinosi.

"Pensa a come doveva essere un centinaio di anni fa, con questi ragazzi che si stavano inventando una musica nuova, qualcosa che non c'era... Senza di loro, praticamente tutto quello che ascoltiamo oggi non esisterebbe. Quel suono arrivava direttamente dai canti dei loro nonni, che li aiutavano a sopportare la fatica mentre lavoravano nelle piantagioni. Alcuni si spaccavano ancora la schiena nei campi, e intanto davano inizio alla storia del blues. Muddy Waters, per esempio: di giorno raccoglieva cotone e la sera suonava." Zoe adesso ha l'espressione sognante. "Non sai cosa pagherei per viaggiare indietro nel tempo e assistere a quella rivoluzione."

"Voglio venire anch'io! Mi porti?"

"Certo. Ma te l'immagini? Io e te a un concerto di Robert Johnson, qui, nel 1930!"

"Sarebbe grandioso... Lui ti chiamerebbe sul palco per suonare un pezzo insieme, come Michael J. Fox in *Ritorno al futuro*!"

"Esatto! Poi farei un assolo metal, il pubblico rimarrebbe a bocca aperta e io direi 'Forse non siete ancora pronti per questa roba'," fa Zoe sorridendo.

"Comunque, potremmo davvero andare a sentire qualcuno prima di tornare."

Prima di tornare. Lorenzo lo dice e poi si ferma a rifletterci. Tornare dove, a quale vita? Per la prima volta si domanda cosa potrebbe accadere dopo questo viaggio. Si accorge di colpo di come questi giorni siano diventati per lui qualcosa a cui sarà difficile rinunciare. Un piano B che dentro di sé, nel posto in cui hanno ricominciato ad abitare i desideri, sta assumendo la forma di una nuova vita.

"Allora? Sei pronto?"

Lorenzo ci mette un po' a rispondere.

"Come si fa a essere pronti per andare a rubare una chitarra in un museo?"

Zoe accenna un sorriso, difficile non essere d'accordo. "Facciamo così: gironzoliamo un po' a Clarksdale, poi mangiamo qualcosa, cerchiamo un concerto e stasera verso mezzanotte ti porto al crocevia del patto col diavolo. Domattina ci svegliamo presto e ripartiamo."

"E la chitarra?" chiede Lorenzo.

"Niente. La lasciamo lì. Che dici? È la tua ultima possibilità per cambiare idea."

Lorenzo guida senza staccare gli occhi dalla strada, poi accelera e le dice: "No. Ormai è deciso. Andiamo".

54.

“Harris. Haaarrris!” urla l’infermiera nello stanzone dove gli ospiti stanno trascorrendo la mattinata.

La casa di riposo Hope è una grande struttura circondata dal verde, l’ambiente è asettico, con i suoi colori tenui e rassicuranti. Sembra evidente, nelle intenzioni di chi lo ha progettato, che quel luogo è semplicemente l’ultima tappa del viaggio di chi ci arriva. Alcuni ospiti seguono una televendita di armi sul televisore fissato in alto alla parete, altri sonnecchiano, qualcuno guarda il pezzo di cielo che si vede fuori dalla finestra. Tra poco serviranno il pranzo. Il vecchio Joe si lamenta ogni giorno che è troppo presto, “A quest’ora mangiano soltanto i vecchi,” dice. E se gli fanno notare che lui ha novantaquattro anni, risponde che quella è solo l’età scritta sul suo documento.

“Joe Harris!” insiste l’infermiera.

“Dimmi, Brittany,” risponde finalmente Joe.

“C’è una telefonata per te.”

Si alza un po’ a fatica, percorre con passo incerto il corridoio che lo separa dalla saletta del telefono, anche se, una volta che si è messo in movimento, si sente più saldo sulle gambe. Alcuni ospiti hanno il cellulare, quelli con i tastoni giganti fatti apposta per gli anziani, ma a lui sembra più dignitoso farsi chiamare sul fisso. Che poi, non che riceva chissà quante telefonate. Infatti, è piuttosto sorpreso che qualcuno chieda di lui. Entra e si siede accanto al tavolino con sopra l'apparecchio.

"Pronto."

"Nonno!"

Lo sguardo di Joe si illumina, come se dall'altra parte gli avessero detto che ha vinto dieci milioni di dollari al jackpot.

"Riccioletta! Come stai?"

Zoe è chiusa nel bagno della stazione di servizio dove si sono fermati a fare rifornimento, mentre Lorenzo sta comprando qualche sandwich e un paio di bottiglie d'acqua. "Sto bene, me la cavo. Tu, piuttosto? Come ti trattano lì?"

Joe fa una piccola smorfia di disappunto. "Non male, sono gentili. L'unico problema è che servono il pranzo alle undici e mezzo. Io a quell'ora vorrei fumare un sigaro e suonare un po', altro che mangiare."

Zoe sorride. Constatare che la riconosce subito e non ha perso il suo spirito è ogni volta una bella notizia.

"Tu, invece? Come va a New York? Suoni sempre in quel locale?"

"Non sono a New York. Sono abbastanza vicino, nonno. Domani pomeriggio vengo a trovarti."

Joe sente il cuore battere forte e gli occhi inumidirsi. "Stai scherzando?"

"No, sono serissima. Vengo insieme a un amico. Ah, ho anche una sorpresa. Una cosa che non ti aspetteresti mai. Mi raccomando però, non agitarti adesso, eh? Non metterti a contare le ore, stai tranquillo e aspettami. Ok?"

Silenzio.

"Nonno, ci sei?" chiede Zoe preoccupata. "Tutto bene?"

"Sì, sì, piccola mia, sono qui," risponde dopo una lieve esitazione. "Non sai che gioia, sentire che stai arrivando. Allora ci vediamo domani."

"Certo. Un abbraccio, nonno. Ma tanto domani ce lo diamo di persona."

Quando torna verso lo stanzone, Joe Harris sembra di dieci anni più giovane. Louis, un trombettista con una lieve forma di demenza senile, se ne accorge. È il suo miglior amico lì dentro, l'unico con cui può parlare di musica. "Che diavolo succede, Joe? Hai una faccia strana..."

"Domattina riceverò una visita, Louis."

"Allora ti conviene darti una ripulita, ultimamente hai un aspetto di merda."

Joe non se la prende, sa che l'allentamento dei freni inibitori è uno dei sintomi della malattia. Va verso la finestra, si mette seduto e guarda fuori. Se ne sta lì a fissare gli alberi, mentre alle sue spalle servono il pranzo. Non mangerà oggi. Se ne starà alla finestra tutto il giorno, e anche domattina appena sveglio si piazzerà lì, col suo sorriso sdentato, ad aspettare sua nipote, Zoe la riccioletta, e la sua misteriosa sorpresa.

55.

Hanno parcheggiato il van a due blocchi dal museo, in un piazzale sul retro di una fabbrica abbandonata. Hanno scelto con cura quell'angolo, ne cercavano uno vicino e sufficientemente isolato. Si sono spogliati, hanno tirato fuori dai sacchetti i vestiti comprati da Jason e li hanno indossati in silenzio. C'è un caldo infernale.

Zoe ha fatto le cose con più calma, il tailleur era un po' sgualcito e lei ha cercato di lisciare le pieghe con le mani. E adesso eccoli, un operaio e una bionda in tailleur chiusi in un furgone degli anni novanta, pronti a entrare in azione.

Nonostante la situazione implichi una certa ansia, non possono evitare di sorridersi quando si guardano dopo aver completato la vestizione. Ma dura un attimo, poi Lorenzo controlla dai finestrini che non passi nessuno prima che Zoe apra lo sportello. Si abbracciano fortissimo e, dopo essersi guardati negli occhi ancora una volta, si danno un lungo bacio. Infine, si separano.

Zoe indossa gli occhialoni e si dirige a passo deciso verso il Blues Museum, qualche centinaio di metri più in là. Il patto è che lui aspetti dieci minuti, in modo da non farsi vedere insieme. Ma quando rimane da solo, Lorenzo capisce che c'è qualcosa che non va, gli manca l'aria: si porta una mano alla gola, si tira giù la zip della tuta, ma niente da fare, la situazione non migliora.

La sua testa comincia ad affollarsi di pensieri ossessivi, ha paura, paura per Zoe soprattutto, che qualcosa vada male, che la guardia sia armata, che possa sparare e colpirla. La immagina rantolare in una pozza di sangue, mentre lui si fa largo a gomitate nella folla che si è riunita intorno a lei urlando il suo nome. Lei morirà e lui sarà arrestato, ecco come andrà a finire.

Più pensa a quello scenario e più gli sembra inevitabile che vada così, non c'è il minimo dubbio. Adesso vorrebbe bere, e anche fumare. Forse Wayne teneva una bottiglia o un po' di hashish nel cassetto del cruscotto? È tentato di aprire e controllare, ma per quanto sia poco lucido si rende conto che è una cazzata: da quando sono partiti ha trafficato mille volte lì dentro, se Wayne avesse lasciato l'avrebbe notato. Anche giocare non sarebbe male, quando si sente così una partita lo tiene tranquillo per qualche ora. Certo, poi sta peggio, ma adesso ha bisogno di una soluzione immediata, così per un attimo è tentato di farsi un pokerino online. Controlla l'orario sul telefono: niente da fare, ha troppo poco tempo. L'unica è sedersi con la schiena dritta e imporsi di fare respiri lunghi e regolari, a occhi chiusi: uno, due, tre, quattro.

Niente, non funziona, nella sua testa Zoe è ancora lì, riversa sul pavimento, lui piange e le tiene una mano sul petto per impedire al sangue di continuare a sgorgare a fiotti, poi lo ammanettano e lo trascinano via.

Allora?, dice la voce dentro la sua testa.

Pensava di essersene finalmente liberato, e invece eccola qui, è tornata, per dirgli che non è cambiato niente, non basta andarsene a zonzo per l'America con la sua amichetta musicista, lui è e rimane uno sfigato, è quello che si è fatto licenziare e stava per buttarsi di sotto, ma non ha avuto nemmeno il coraggio di ammazzarsi, è quello che non ne combina mai una giusta. Farà qualche cazzata anche oggi, è poco ma sicuro, e finirà malissimo.

Sta per avere una crisi di panico? Per quanto tempo può andare avanti così? Controlla di nuovo l'orario, sono passati solo quattro minuti. Ancora sei, sono un'eternità, non ce la farà mai.

Qualcosa di pratico, ecco cosa ci vuole, un'operazione meccanica che lo aiuti a far passare il tempo più velocemente. Controllare la posta elettronica! Una cosa che non fa da giorni, oltretutto.

Con mani tremanti tocca l'icona due o tre volte, ma ha il polpastrello sudato e la schermata non si apre. Al terzo tentativo ci riesce: ci sono quarantasette messaggi non letti, li scorre, non prima di aver dato un'altra occhiata fuori dal finestrino, attraverso il quale vede Zoe che adesso è soltanto una minuscola silhouette che galleggia nell'afa di Clarksdale, prima di girare l'angolo e sparire dal suo raggio visivo. Spam, l'ufficio, la banca che gli ha accreditato la liquidazione, una mail di sua madre, che non apre nemmeno, e subito dopo un messaggio di Wayne. Un tocco e le parole si materializzano sul display:

Che fine hai fatto, bro? Ho provato a chiamarti, ma mi dava numero inesistente. Dove cazzo sei? Vincent è venuto da me, ti cercava. Mi ha quasi spezzato un braccio, porca troia. Ma non è per questo che ti scrivo. È successa una cosa incredibile: hanno arrestato il Cinese, lo hanno blindato per una storia di usura! E pure il suo gorilla del cazzo, sono dentro tutti e due in attesa del processo. Mi sa che non escono facilmente stavolta, quindi niente soldi, fratellone, debito cancellato! Senti, ma come va il furgone? Lo stai usando? Rispondimi, vecchio. Quando cazzo torni? Dobbiamo festeggiare!

Gli occhi sbarrati, la bocca secca, spalancata. Lorenzo è impietrito, si abbandona contro lo schienale, un sorrisetto isterico gli increspa gli angoli della bocca.

Controlla un'altra volta l'orario, sono passati nove minuti. Apre lo sportello, prende la cassa con le ruote, scende dal van, si guarda intorno. Richiude e s'incammina verso l'*obiettivo*, sorride di nuovo quando realizza l'assurdità della parola che gli è venuta in mente, come se fosse un professionista del crimine.

Sente il respiro farsi più regolare, le gambe che si muovono fluide, e quando ripensa a Zoe, adesso la vede entrare nel museo, bella e disinvolta.

Alla luce di questa novità potrebbero cambiare i piani: se quei soldi non gli servono più, dovrebbe correre da Zoe e raccontarle tutto, tentare di dissuaderla dicendole che possono rinunciare. Ma non lo fa. Anzi.

Quella notizia gli ha pompato adrenalina nelle vene, e adesso si sente improvvisamente calmo e determinato. Ormai è deciso: andrà a prendersi la chitarra di Robert Johnson, l'uomo che ha fatto un patto col diavolo.

56.

Quando Zoe si presenta alla cassa per acquistare il biglietto, è piuttosto agitata. A parte la situazione tutt'altro che ordinaria, a preoccuparla è la possibilità che Jeremy, il custode, la riconosca, che si ricordi della ragazza di Manhattan che faceva mille domande sulle chitarre, su una in particolare.

È anche per questo che ha voluto cambiare completamente aspetto. Non si toglie mai gli occhialoni, infatti, nemmeno quando capita davanti all'oggetto del suo desiderio, la Kalamazoo KG-14, che fa bella mostra di sé dentro una teca nella sala numero nove. Si impone di guardarla fugacemente, ma in realtà ha il cuore in gola quando ci passa accanto.

È quasi l'ora di chiusura, hanno scelto con cura giorno e orario, puntando sul momento di minor affluenza della settimana, e a quanto pare ha funzionato. Inoltre gli operai, come previsto, girano tra le sale, trasportano attrezzi, scale e secchi di vernice, rendendo il museo alquanto caotico. Le sale chiuse sono le prime tre, la numero nove è quella vicino all'uscita, un vantaggio per il loro piano.

Zoe guarda l'orologio: sono passati quasi venti minuti, e considerando che il furgone è parcheggiato a dieci dal museo, se tutto è andato secondo i piani Lorenzo dovrebbe entrare proprio adesso. Fa molto caldo, la cosa rassicura Zoe, il suo svenimento sarà reso più verosimile dalla giornata afosa. Hanno stabilito un momento preciso, le 18.45: mancano quattro minuti, Zoe continua a gironzolare, un po' tesa. Per fortuna, dalla filodiffusione del museo esce una colonna sonora adeguata al luogo, con una sequenza micidiale di pezzi blues. In questo momento c'è *Feels like rain* di Buddy Guy.

Lorenzo si presenta all'ingresso sforzandosi di essere credibile come operaio. Spera che non gli facciano troppe domande sulla ditta e sull'esatta natura del lavoro che è venuto a fare. Un discorsetto se lo è preparato, si qualificherà come James D'Alessio, il cognome italiano lo ha scelto per non destare sospetti nel caso qualcuno notasse il suo accento, e dirà che è lì per il trasporto attrezzi.

In realtà tutto fila molto più liscio del previsto, la tuta da lavoro è un perfetto lasciapassare e infatti l'addetto non fa domande, limitandosi a indicargli le sale dove si stanno svolgendo i lavori. S'incammina, butta un occhio alle chitarre, facendo un cenno di saluto a chiunque incroci con lo sguardo. Quando raggiunge la prima delle tre sale in ristrutturazione, si trova davanti un gruppetto di operai, è spaventato a morte dall'eventualità che si insospettiscano e gli facciano domande, ma quelli lo ignorano e si rimettono a parlare tra di loro. Tira un sospiro di sollievo e procede fino alla sala sei, nella quale si ritrova praticamente faccia a faccia con Zoe.

Riescono a passare l'uno accanto all'altra senza guardarsi né muovere un sopracciglio, la cosa gli dà una certa fierezza.

L'accordo era di incrociarsi lì alle 18.43, per poi proseguire, Zoe verso l'ingresso del museo, e quindi l'ala in ristrutturazione, e Lorenzo verso la sala che custodisce la chitarra di Robert Johnson.

Hanno studiato tutto con cura, compresa l'exit strategy da adottare. In questo momento ci saranno non più di sette, otto visitatori, più gli operai.

Quando Jeremy, auricolare all'orecchio, esce dalla toilette parlando al telefono e incrocia Lorenzo all'altezza della sala numero otto, lo guarda attentamente e gli chiede se va tutto bene. Lui gli risponde che sta portando fuori un primo carico di roba, per poi rientrare a fare un altro giro. È in quel preciso istante che si sentono delle urla provenire dall'altra ala del museo, quella verso l'entrata.

Jeremy corre, non proprio agilmente, scansa un paio di persone e si ritrova nella sala numero quattro, dove, riversa sul pavimento, giace una ragazza con un tailleur nero e degli occhiali da sole piuttosto voluminosi. Intorno a lei tre o quattro persone cercano di rianimarla, parlandole ad alta voce. Anche gli operai, attirati dal trambusto, sono accorsi. Un signore, forse un medico, le toglie gli occhiali e le prende la testa tra le mani, sollevandola dal pavimento, dandole qualche buffetto sulle guance e versandole un po' d'acqua sulla faccia. Zoe se ne sta a terra con gli occhi chiusi, sperando con tutta sé stessa che il suo socio stia facendo la cosa giusta, e che la stia facendo in fretta.

Nella sala numero nove Lorenzo è rimasto da solo di fronte alla teca della Kalamazoo, un occhio sullo strumento e l'altro sul corridoio. Sente le voci in lontananza, apre la cassa, ne tira fuori un piccolo martello e un punteruolo. Con un colpo secco incrina il vetro della teca, con il secondo lo manda in frantumi e fa scattare l'allarme. Imperterrito infila il braccio, estrae la chitarra e la mette nella cassa. Mentre va verso l'uscita incrocia l'altra guardia che, messa in allarme dalla sirena, sta correndo verso il punto dal quale sembra provenire il suono.

"Presto, la sala quattro!" gli urla Lorenzo, poi riprende a trascinare la sua cassa cercando di essere il più disinvolto possibile. La solleva e inizia a scendere la prima rampa di scale, ma a metà sta per scivolare. Riesce per miracolo a rimanere in equilibrio, adesso è fuori, gira l'angolo e imbocca la strada che riporta verso il furgone. Si libera della tuta, la getta in un cassonetto e, rimasto in T-shirt e pantaloncini, corre più veloce che può, cercando di non danneggiare la Kalamazoo chiusa nella cassa che continua a trascinare. In pochi minuti raggiunge lo Chevy, apre lo sportello, carica la cassa, sale e si chiude dentro. Rimane lì, col fiatone, un sorriso scemo sulla faccia, fiero di sé come poche altre volte in vita sua.

Zoe temeva molto il momento in cui avrebbe dovuto fingere di riprendere conoscenza. Quando apre gli occhi si ritrova di fronte la faccia del medico che l'ha soccorsa. Subito dietro c'è Jeremy, Zoe cerca di distogliere lo sguardo temendo che adesso, senza occhiali, possa riconoscerla. Ma è in quel preciso istante che scatta l'allarme e lui corre verso l'altra ala del museo.

"Che giornata," sospira il medico, mentre la aiuta a rialzarsi e le dice che dovrebbe sedersi e bere un bicchiere d'acqua.

Lei risponde che va molto meglio, è stato soltanto un giramento di testa. Accetta un sorso d'acqua, ringrazia il dottore e una coppia di visitatori che si sono offerti di accompagnarla fuori, dice che non ce n'è bisogno e si congeda, camminando a passo incerto verso l'uscita.

Una volta fuori dal museo dà un'occhiata intorno e, quando vede che non c'è nessuno, comincia a correre all'impazzata, un sorriso liberatorio che le esplode sul viso.

Adesso è davanti al furgone, Lorenzo era di vedetta e le ha già aperto lo sportello. Sale, si abbracciano e si tengono stretti col cuore che batte forte, poi Zoe apre la cassa con le mani sudate, tira fuori delicatamente la chitarra, se la appoggia sulle ginocchia e resta immobile a fissarla.

In quel momento, con cinquanta gradi e Lorenzo in pantaloncini a guardarla, gli occhi le si riempiono di lacrime. Sembra una bambina che stringe tra le mani il giocattolo che ha sempre desiderato.

57.

Hanno aspettato che facesse buio, parcheggiati fuori città, in una zona di capannoni industriali dismessi. Non c'è anima viva intorno, si sentono soltanto latrati di cani in lontananza. Questa vita da fuggitivi dà loro un certo brivido, anche se per il momento, a dire il vero, nessuno li sta cercando. Sono scesi dallo Chevrolet e hanno improvvisato un picnic con delle patatine e qualche sandwich comprati lungo la strada per Clarksdale. Sarebbe stato consigliabile partire subito, allontanarsi quanto prima dalla *scena del crimine*. Proprio così l'ha definita Zoe, facendo sorridere Lorenzo. Ma c'è ancora una cosa di cui occuparsi, una cosa che ha a che fare con la terza tappa di Lorenzo, oltre che col diavolo in persona.

Hanno raggiunto l'intersezione tra la Highway 49 e la 61 dieci minuti prima di mezzanotte, e adesso sono in piedi, nel punto esatto in cui, alla stessa ora di una notte di ottant'anni prima, Robert Johnson incontrò un misterioso uomo nerovestito, vendendogli l'anima in cambio della promessa di suonare la chitarra come nessun altro al mondo.

"Stesso posto e stessa chitarra," dice Zoe imbracciandola, illuminata dalla luna piena. "Questa la racconteremo per anni."

"Sei sicura che sia proprio la stessa, vero?"

"Al cento per cento," risponde lei continuando a svisare.
"Come fai a esserne così certa?"
"Te lo dico domani, a New Orleans."
Lorenzo sgrana gli occhi, in lontananza si sente il verso di un gufo.
"È lì che stiamo andando?"
"Sì. È la mia terza tappa. Quando ci arriveremo ti racconterò un segreto, e ti farò conoscere una persona."
"Devo preoccuparmi?" chiede Lorenzo.
"No. Devi fidarti di me. Sei pronto?"
"Credo di sì."
"Quanto manca?"
Lorenzo controlla sul telefono. "Un minuto. Sembra quando aspetti Capodanno per stappare lo champagne."
Zoe sorride, ma subito si fa seria. "Ascolta. Questa è per te, da parte del diavolo."

I went to the crossroad, fell down on my knees
I went to the crossroad, fell down on my knees
Asked the Lord above, "Have mercy, now, save poor Bob if you please
Yeah, standin' at the crossroad, tried to flag a ride
Whee-hee, I tried to flag a ride
Didn't nobody seem to know me, babe, everybody pass me by.

La Kalamazoo ha un suono tagliente, ogni nota è un urlo lacerante nella notte del Mississippi.

Standin' at the crossroad, risin' sun goin' down
Standin' at the crossroad, baby, the risin' sun goin' down
I believe to my soul, now, poor Bob is sinkin' down
You can run, you can run, tell my friend Willie Brown
You can run, you can run, tell my friend Willie Brown
That I got the crossroad blues this mornin', Lord, baby, I'm sinkin' down

And I went to the crossroad, mama, I looked East and West
I went to the crossroad, babe, I looked East and West
Lord, I didn't have no sweet woman, ooh well, babe, in my distress.

Alla fine del brano Lorenzo applaude, poi si avvicina, un bacio lungo e appassionato li unisce, sono in piedi, illuminati dal chiarore della luna, al centro esatto del crocevia.

"Anch'io ho un segreto," le sussurra. "Te lo dico domani. A New Orleans."

58.

Sono partiti di notte, anche se nessuno dei due ama guidare col buio. Ma era meglio andarsene il prima possibile da Clarksdale. Zoe ha cercato una radio locale per ascoltare le notizie: su una stazione blues hanno parlato del furto al museo, ma il segnale era molto disturbato.

Faceva uno strano effetto sentir parlare alla radio di qualcosa che hanno fatto loro, Lorenzo era esaltatissimo. Hanno viaggiato sulla Highway 49, fermandosi per qualche ora di sonno all'altezza di Greenwood, il paese in cui è morto Robert Johnson. È anche il posto in cui ha vissuto per gran parte della vita il nonno di Zoe, lei glielo ha detto con la voce intenerita dall'emozione.

Una vaga tristezza aleggia tra loro. Nessuno dei due osa parlarne, ma la sensazione di essere alla fine del viaggio, insieme all'incertezza sul futuro, stende su questa parte del percorso una patina di malinconia.

Sono arrivati a New Orleans molto presto, il French Quarter alle prime luci dell'alba li ha lasciati a bocca aperta. Le case coloniali dai colori sgargianti e i balconi in ghisa di Bourbon Street, dove gli ultimi nottambuli barcollavano verso casa incrociando i primi lavoratori del mattino, la Cattedrale di Saint Louis che, maestosa, sembra proteggere il destino dei fedeli, il verde scintillante dei giardini di Jackson Square.

"Questa parte della città è la meno danneggiata dall'uragano del 2005," racconta Zoe mentre continuano a girare. "La ragione ufficiale è che l'ha salvata la sua posizione leggermente sopraelevata, ma molti qui amano pensare che sia stata protetta dagli spiriti buoni."

Lorenzo guida, guardandosi intorno e ascoltandola emozionato. Ormai è giorno.

"Questa è la città più meticcia del mondo: tutti si sono incrociati con tutti, da queste parti. Francesi, creoli, africani, olandesi... C'erano anche tanti italiani, sai?"

"Chissà, forse persino qualche mio antenato," scherza Lorenzo.

"Esatto. Magari camminiamo e incontri un tipo sui novant'anni identico a te da vecchio. Ci pensi? Comunque, immaginati questa folla rumorosa e variopinta che comincia a sfilare per le strade, si mescola con gli schiavi delle piantagioni che intonano i loro canti malinconici e poi, per non farsi mancare niente, s'imbuca a un funerale, dove una banda di musicisti americani sta suonando una marcia funebre. Insomma, una specie di gigantesco carnevale, dove tutti improvvisano senza troppe regole, dove l'allegria più sfrenata si trasforma di colpo in malinconia, dove si sorride per non soccombere alla tristezza e alla fatica. Ecco, questa cosa è nata qui cento anni fa, e si chiama jazz."

Lorenzo è ammirato. "Non ho mai sentito nessuno raccontare bene come te."

"Esagerato!" ride lei. "Di sicuro, racconto solo le storie che mi emozionano. Forse è questo il segreto... sempre che ce ne sia uno. Gira a destra, siamo quasi arrivati."

"Arrivati dove?" chiede Lorenzo cadendo dalle nuvole.

"Alla mia terza tappa."

Vista da fuori, la casa di riposo Hope è un grande edificio di mattoni rossi, con un giardino pieno di panchine. Hanno parcheggiato lì davanti, Zoe prende la chitarra e scende, negli occhi un'emozione che Lorenzo non sa bene a che cosa attribuire ma che capisce di dover assecondare, senza fare troppe domande.

Quando arrivano alla reception, Zoe chiede del signor Joe Harris e l'impiegata li manda alla stanza ventidue, in fondo al corridoio. Lorenzo è sempre più curioso. Vede Zoe appoggiare la chitarra al muro, lei lo guarda e si accosta l'indice alle labbra, poi bussa dolcemente. Quasi subito la porta si apre.

I capelli color argento sono radi, la pelle avvizzita e la postura stanca contrastano con gli occhi pieni di vita, come se avessero cristallizzato per sempre lo sguardo dei vent'anni. Quando vedono Zoe, quegli occhi diventano subito lucidi, le mani nodose si appoggiano tremanti sul viso di lei.

"Riccioletta!"

La voce sembra provenire dal centro della terra, è roca e profonda. Si abbracciano stretti, Lorenzo d'istinto si allontana, non soltanto per lasciarli soli: si è commosso.

"Dove vai?" gli fa lei senza sciogliere l'abbraccio, attenta a non stringere troppo. "Vieni qui. Ti presento Joe Harris, uno dei chitarristi più bravi del mondo. Mio nonno."

Lorenzo stringe delicatamente la mano che il vecchio gli porge.

"Sono Lorenzo, un... un amico di Zoe."

"Di dove sei? Spagnolo?"

"No, sono italiano. Di Roma. Io e Zoe ci siamo conosciuti a New York."

Joe gli sorride, Lorenzo si sente rimescolare: in quegli occhi brillanti vede qualcosa che gli ricorda Zoe.

"Be', sei un ragazzo fortunato, se in mezzo a tutto quel cemento e a quei milioni di persone che corrono da tutte le parti come scarafaggi impazziti hai incontrato questa meraviglia." E così dicendo Joe dà un colpetto sul braccio della nipote.

"Fortunatissimo!"

"Venite, accomodiamoci."

Entrano, la camera dalle pareti verde chiaro è piccola ma c'è tutto: letto, comodino, una minuscola scrivania con la sua sedia, l'armadio a muro. Si siedono, Zoe gli prende le mani. "Come stai, nonno?"

"Come mi vedi, piccola. Una specie di ferro vecchio. Qui dentro non ho molti amici, sono tutti piuttosto confusi. La mia testa ancora funziona, ma non lo so se è un bene." Joe si morde il labbro. "A volte vorrei essere come loro, così almeno saremmo tutti un branco di rincoglioniti e nessuno si sentirebbe escluso!"

Scoppia in una risata rauca, che si trasforma in un accesso di tosse da fumatore incallito.

"Aspetta, ti prendo un po' d'acqua," dice Zoe.

Lorenzo la precede, ne versa un po' nel bicchiere sul comodino e glielo passa.

"Te li fanno i controlli, qui dentro?"

"Sì, ho la bronchite, dovrei prendere le medicine ma a volte me ne dimentico." Ci riflette, sotto lo sguardo severo di Zoe. "La verità è che a quest'età aggiusti una cosa e se ne rompe un'altra, con le vecchie macchine è così, non fai in tempo a sostituire un pezzo che già devi cambiarne un altro."

"Mio nonno faceva il meccanico, dopo gli facciamo vedere lo Chevy," dice Zoe girandosi verso Lorenzo. "Mi sa che è più malandato di te!" aggiunge tornando a rivolgersi al nonno.

"Che ci fate quaggiù, in Louisiana?" chiede Joe. "È un bel po' di strada da New York... Suoni da qualche parte qui intorno? Dimmelo, eh? Vengo, e mi porto il vecchio Louis. Anche lui perde qualche colpo, ma rispetto agli altri è una scheggia."

"Veramente siamo venuti per sentire suonare te..."

Joe si fa serio, non capisce.

"Ti ho portato una cosa. Ora vado a prenderla."

Zoe esce dalla stanza e torna con la chitarra. "Guardala bene," dice al nonno. "La riconosci?"

Joe obbedisce, e il suo sguardo è quello di chi ha appena visto un fantasma. Lorenzo si accorge che gli tremano le mani, il respiro si è fatto affannoso: cerca gli occhi di Zoe, ma lei sta già passando la Kalamazoo al nonno.

"Non può essere lei. Non... non è possibile." La voce di Joe è poco più di un sussurro.

La tocca con dolcezza, le dita deformate dall'artrosi percorrono il manico e lisciano la cassa. La guarda come se guardasse la sua sposa arrivare all'altare. Quando cerca con le dita il solco della piccola *J* sul davanti e la trova proprio lì dove l'aveva incisa, la sera stessa che aveva ricevuto in regalo la chitarra, le lacrime gli scivolano giù lungo le guance. Si copre gli occhi con una mano e Zoe lo abbraccia senza dire niente.

"Come hai fatto a trovarla? Chi ce l'aveva?" chiede Joe dopo essersi soffiato il naso.

Zoe evita di rispondere, accenna vagamente a una lunga storia. "Facciamo così, nonno: noi adesso usciamo, ti lasciamo un po' da solo con lei, ok?"

Joe nemmeno le risponde, ha già iniziato ad accordare lo strumento, e lei fa cenno a Lorenzo di seguirla fuori.

"Non ho capito un cazzo!" dice lui sottovoce prima ancora che Zoe abbia chiuso la porta.

Lei lo trascina via lungo il corridoio. "È sua. Quella chitarra è di mio nonno. Aveva inciso la *J* per essere sicuro di riconoscerla se gliel'avessero rubata. Gliel'ha regalata Robert Johnson in persona, quando aveva dodici anni."

E continua, raccontandogli tutti i dettagli di quella serata, lui nel locale con il padre, il concerto improvvisato in camerino, Robert Johnson che, colpito dalla bravura di quel ragazzino, decide di regalargli la sua chitarra. "Molto tempo dopo, un tale gliel'ha portata via. Il nonno aveva il vizio del gioco, come te. Una sera ha perso tutto, gli era rimasta solo la chitarra e ha dovuto separarsene."

Lorenzo sgrana gli occhi. "Quindi, la *J* stava per Joe... Ma scusa, tu come facevi a sapere che la chitarra era in quel museo?"

"Te l'ho detto, ho passato mesi a fare ricerche, ho parlato con un sacco di gente. E poi sono andata al museo a controllare. La chitarra è quella, non ci sono dubbi. Era questo il segreto..."

Improvvisamente ogni pezzo si incastra al suo posto: ecco perché Zoe ci teneva tanto!

"Aspetta, però, devo spiegarti," gli sta dicendo intanto lei. "Non dobbiamo lasciargliela."

"Come 'non dobbiamo lasciargliela'? Prima gliela restituisci e poi gliela porti via un'altra volta?"

Zoe scuote la testa, cerca le sue mani. "Non ti ho ingannato. Volevo soltanto che il nonno la rivedesse e la suonasse per l'ultima volta. Poi la vendiamo, come avevamo stabilito. Ci dividiamo i soldi, e con la tua metà potrai ripianare il debito con il Cinese."

Lorenzo è tentato di dirle subito che anche lui ha una novità, una novità che cambia tutto. Ma rimane in silenzio.

"Non sei arrabbiato, vero?" gli dice Zoe. "Non so nemmeno io perché non te l'ho detto subito."

"Arrabbiato no. Sono... confuso. A un tratto scopro che tutto questo viaggio si basava su una bugia. O almeno su un'omissione."

"Non è così. Cioè, sì, perché non ti ho parlato subito dei dettagli, hai ragione. Ma temevo che mi avresti preso per una mitomane. Pensavo di farlo più avanti. E poi... non so, dopo un po' era così bello essere insieme sulla strada che avevo paura di rovinare tutto. Di perderti. Di perderci."

Lorenzo rimane in silenzio, lei si avvicina e gli appoggia la guancia sul petto.

Lui la abbraccia, si tengono stretti nella penombra, poi Zoe dice che vuole tornare dal nonno. A metà corridoio inizia a sentire una canzone, la chitarra è un po' scordata e la voce non perfettamente a fuoco. Quando si avvicina la riconosce, è *Me and the devil blues*, suo nonno gliela cantava sempre quand'era bambina. Entra silenziosamente nella stanza, Joe sembra trasfigurato, come se suonare gli avesse fatto perdere cinquant'anni in tre minuti. Finisce, lei lo applaude: "Bravissimo! Sei sempre il numero uno".

"Figurati... Era da tanto che non suonavo. Tu, piuttosto: sei una bomba, riccioletta. Ma come diavolo hai fatto? L'ho sempre detto che sei la più brava di tutti."

Joe posa la chitarra, si riabbracciano, hanno da dirsi tante cose, hanno bisogno di guardarsi, di stare vicini. Poi bussano alla porta, ed è Lorenzo.

"Non vuoi saperlo qual è il mio segreto?" le chiede sornione. "Il Cinese è stato arrestato, e anche Vincent. L'ho saputo ieri, ho ricevuto una mail da Wayne. Credo che non usciranno così in fretta. Non abbiamo nessun bisogno di vendere la chitarra. Possiamo lasciarla a Joe."

59.

Quando Zoe gli ha proposto di salire sul tetto dello Chevy, Lorenzo era perplesso, ma alla fine si è lasciato convincere. Sono appoggiati l'uno alla schiena dell'altra, lei sta svisando sulla chitarra, lui si gode il tramonto, gli occhi socchiusi, sul viso il calore degli ultimi raggi di sole.

Si sono fermati in una piccola radura, appena fuori dalla città. Sono ripartiti dopo aver passato qualche ora con il nonno, al quale hanno promesso che andranno a trovarlo almeno una volta al mese.

Certo, New Orleans è lontana, ma la decisione che hanno preso rende un po' più vago il concetto di distanza.

"Allora?" dice Lorenzo, "pensi che Nashville sia il posto giusto per comprare tutto quello che ci serve?"

"Certo. Dove se non lì? Se vuoi possiamo chiedere un consiglio a Mar..."

"A chi?"

"Niente, niente."

Lorenzo ha solo fatto finta di non capire, Zoe lo sa benissimo.

"Se ci proviamo davvero, mi sa che dovremo prendere un mezzo più moderno," dice lei.

"Non se ne parla. Sono troppo affezionato a questo bestione. Wayne me lo aveva detto che era una bomba, ma quando lui parla devi sempre fare una tara del novanta per cento. Invece, stavolta non aveva esagerato." Sorride, ripensando a Wayne che mimava prodezze erotiche. "Sai cosa pensavo?" dice poi all'improvviso. "Potremmo coinvolgerlo. Alla fine, se lui non mi avesse offerto il furgone non sarebbe successo niente di tutto questo."

"Per me va benissimo. Ma cosa gli facciamo fare?"

"Qualcosa si inventerà, fidati. Non vedo l'ora di presentartelo."

"Anch'io sono curiosa di conoscerlo."

"Sai che mi ci potrei addormentare qui sopra? È comodissimo, questo tetto."

"Ma se non volevi salirci..."

"Alla fine però ti ho ascoltato. Come per tutto il viaggio. Come si fa a non ascoltarti?"

Zoe attacca un pezzo, a Lorenzo sembra di riconoscerlo dai primi accordi.

"*The first time I met the blues*
People, you know I was walkin'
I was walkin' down through the woods
Yes, the first time, the first time I met the blues
Blues, you know I was walkin'
I was walkin' down through the woods
Yes, I've watched my house burnin' blues
Blues, you know you done me
You done me all the harm that you could."

"Mi sembra di averla già sentita questa canzone."

"Dici?"

"Sì, una sola volta. Ma è successo una vita fa."

Il sole è calato, una leggera brezza muove le foglie degli alberi intorno.

"Sicuro che non sei arrabbiato?"

“Ci ho riflettuto, forse era giusto così. Io dovevo scappare, e senza di te non so se ne avrei avuto il coraggio. Non so cosa avrei fatto. Ero perso.”

“Nemmeno io sarei mai andata a prendere quella chitarra se non avessi incontrato te...”

“Ti credo, infatti l’ho presa io!”

Ridono, Lorenzo si gira a guardarla. Poi riprende.

“Alla fine è stato meglio che tu non mi abbia raccontato i dettagli. Mi sarei perso il colpo di scena. È stato emozionante. Non dimenticherò mai la faccia che ha fatto Joe quando ha visto la chitarra...”

“Ogni volta che ti parlavo di lui ero sul punto di dirtelo, ma qualcosa mi bloccava.”

“Ripeto, forse doveva andare così. Era destino. Tu ci credi al destino?”

“Prima non tanto, ma ora che ho incontrato te sto cambiando idea.”

“Dici che è stato il destino a farci conoscere?”

“Forse sì. Sono stati il destino e il blues.”

“Andiamo?” chiede Lorenzo.

“Restiamo qui ancora un po’, si sta così bene.”

“E stanotte?”

“Stanotte cosa?” risponde Zoe.

“Dove dormiamo?”

“Qui dentro,” dice lei picchiettando con le nocche sul tetto del furgone. “Dobbiamo iniziare ad abituarci.”

SEI MESI DOPO

Wayne entra nel deli di Tompkins Square verso le undici, ordina ai suoi amici cingalesi le solite uova, si mette le cuffie e schiaccia PLAY sul telefono.

Anche Joe ha un paio di cuffie, gliele ha prestate il figlio di Louis, insieme a uno smartphone sul quale ha scaricato la app. È seduto sul letto della sua stanza alla casa di riposo Hope, sul comodino c'è una foto che lo ritrae in compagnia di Zoe e Lorenzo, mentre imbraccia la Kalamazoo.

Quel giorno hanno insistito per lasciargliela, ma lui ha detto che farsi seppellire con la chitarra era una cosa da faraone dell'Antico Egitto, gli sembrava perfino un po' lugubre. Però una foto sì, l'avrebbe fatta volentieri. La chitarra invece l'avrebbe tenuta Zoe, fine della discussione.

"Basta che ogni volta che la suonerai penserai a me," le ha detto.

Anche Joe schiaccia PLAY, si è fatto spiegare bene come fare.

Le cuffie di Lorenzo sono molto più professionali. È seduto nel vecchio Chevy, davanti a tutta la strumentazione acquistata in un negozio di Nashville, mentre tornavano verso New York: un pc, un mixer e una tastiera per gli effetti. Ha imparato velocemente a usare tutto, anche se ogni tanto ha ancora qualche dubbio sulla sequenza delle operazioni. Ma non oggi.

Schiaccia REC, fa un cenno a Zoe e lei inizia a parlare nel microfono.

Cross Road Blues *di Robert Johnson è forse il pezzo blues più iconico di tutti i tempi. C'è una storia legata a questo brano, e oggi ho deciso di raccontarvela, ma prima ve lo faccio sentire. Ve lo suonerò su una Kalamazoo* KG-14, *una chitarra in tutto e per tutto simile a quella di Robert Johnson. Certo, sarebbe fantastico se fosse proprio la sua, ma non si può avere tutto nella vita.*

Gli strizza l'occhio. Lorenzo, seduto in regia, le sorride. Oggi gli sembra più in forma del solito. La trova anche bellissima, ma questa non è una novità.

Sono Zoe Harris, vi parlo da uno Chevrolet Chevy Van del 1992 in giro per gli Stati Uniti, e questa è una nuova puntata di Zoe's Zone, *il podcast itinerante che vi racconta la storia della musica.*

Ringraziamenti

È difficile spiegare l'importanza che la musica ha nella mia vita: potrei dire che ne è la colonna sonora, ma non le renderei comunque giustizia, perché questo suggerirebbe l'idea di qualcuno che, dall'esterno, la sceglie e la inserisce. Invece le mie giornate, quelle di lavoro, quelle di svago, i momenti felici e quelli bui, nascono già con la musica incorporata, la contengono: la musica è come l'aria che respiro.

Era inevitabile, dunque, che prima o poi scrivessi una storia che avesse al centro questa compagna inseparabile di tutta una vita.

Nel 2001 ho vissuto a New York per sette mesi. Non ci ero mai stato, il direttore della radio mi ci aveva mandato con uno scopo preciso: esplorare in lungo e in largo la città e raccontarla agli ascoltatori di 105.

Non fu difficile accontentarlo: me ne innamorai. Quasi tutte le sere andavo a sentire musica, per lo più jazz e blues. Non contento, spesso durante il weekend partivo alla scoperta di altre città: Chicago e New Orleans, su tutte, mi folgorarono, avvicinandomi ancora di più al cuore pulsante della musica nera americana.

Nello scegliere molti dei luoghi di questo romanzo mi sono ispirato a quel periodo, e ai tanti altri viaggi che mi avrebbero riportato in America nel corso degli anni successivi. È lì, in un grande scrigno di ricordi e di esperienze, che a un certo punto l'embrione di questa storia deve aver preso forma.

Zoe e Lorenzo sono venuti a trovarmi una sera d'estate di molti anni dopo, e da allora hanno iniziato a tirarmi la giacca, chiedendomi con insistenza chi fossero, cosa fossero. Come accade con le buone storie, mentre glielo raccontavo capivo tante cose anche di me stesso.

Spero vi sia piaciuto fare un pezzo di strada insieme a loro, condividerne la passione, il dolore, la speranza e l'avventura.

Ringrazio Francesco Gungui per il solito, indispensabile sostegno creativo e umano.

Ricciarda Barbieri per l'esperienza, la professionalità e i pranzetti.

Gianluca Foglia, che essendo un vero bluesman sarà il lettore più entusiasta di questo romanzo.

Giovanna Salvia, finalizzatrice cortese e precisa.

Tutta la squadra Feltrinelli, una sicurezza.

Ray Tarantino per le suggestioni americane.

Il mio agente Piergiorgio Nicolazzini e il team di PNLA.

La mia famiglia e i miei amici, una tribù che balla. (Cit.)

Jamie, che stavolta è stata più musa che mai.

Infine, e soprattutto, voi che state leggendo queste righe e che avete deciso di accordarmi la vostra fiducia di lettori. Scrivere è la cosa più appagante del mondo, farlo per voi è uno straordinario privilegio.

Indice